[II]
神域の魔法使い
Wizard of Sanctuary
神に愛された落第生は魔法学院へ通う
Written by ケンノジ
Illust 乃希

神域の魔法使い

Contents

wizard of Sanctuary

～神に愛された落第生は魔法学院へ通う～

Written by Kennoji

一章

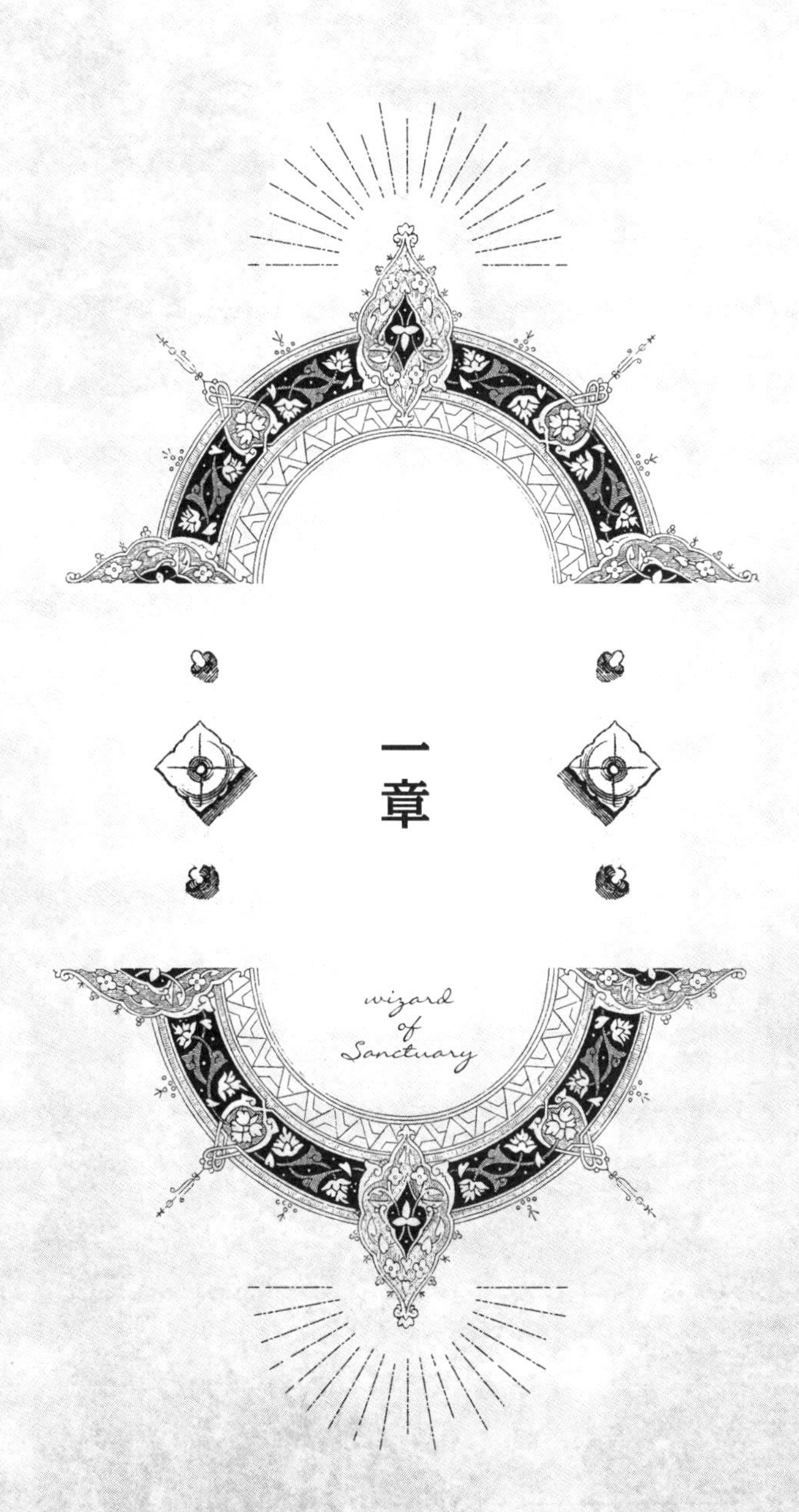

朝の目覚めとともに、ゴーレム一号の様子を観察する。

ゴーレムは、俺の指令に従い黙々と動く労働力でもあった。

ここにいる一号は、下宿先である宿屋の掃除を行うように指令を出している。

ちなみに一号と名付けたのは『鍛治』魔法を使ってはじめて作ったゴーレムだからだ。

間借りさせてもらっている宿屋の掃除を、一号は昨日と同じように問題なくこなしていく。

テキパキ……とまでは言えないが、自動で掃除をしてくれるので、宿屋の主人であるトムソンは大いに助かっていると言ってくれた。

「うおわぁっ!?　んじゃこれ!?」

宿泊していた旅人が部屋から出ると、廊下で掃除をしていた一号に仰天して腰を抜かしていた。

この光景にもそろそろ慣れてきたな。

「掃除をするゴーレムです。お気になさらずに」

「そ、掃除をしてくれるゴーレム？　す、すげえな……」

モップがけをする一号を旅人は興味深そうに見つめる。

食堂が開くのはあと一時間ほどなので、俺がその案内をすると、

「ぼっちゃん、ありがとうな。そういや、昨日主人に説明されたっけな」

ぽりぽりと頭をかいて、もう一寝入りすると言い旅人は部屋へ戻った。

「ロォン……」

俺と一緒に起きたロンが、眠そうな声を上げる。

ぶるぶる、と体を震わせると小さく埃が立つ。

それに反応した一号が、くるりと踵を返し、モップを手にこちらへ戻ってきた。

「ロン！　ロン！」

興奮気味に一号の足下をぴょんぴょんと飛び回るロン。

相変わらずゴーレムが大好きらしい。

「朝から何よ……うるさいわね……」

がちゃり、と部屋からソラルが顔を出した。目が半分も開いていない。

「今日は私の講義がないんだから、もっと静かにしてちょうだい」

寝癖のついた金髪を撫でつける天才美少女魔法使い様は、現在、この宿に寝泊りしながら魔法学院で特別講師として教鞭を取っている。

元はエリート魔法使いの代名詞、宮廷魔法士だったソラルだが、ちょっとしたことで俺と知り合い、こうして顔を合わせる仲になった。

ソラルは文句が言いたいだけだったらしく、すぐに部屋の中へ顔を引っ込めた。

掃除の様子を見にきたトムソンに挨拶をして、夫人がいる食堂へ行き、朝食の準備を手伝う。

それが終わると、ようやく朝食だ。

ロンにもパンと水を食べさせ、学院への登校準備をしていると、外から女の子が俺を呼んだ。

同じクラスのイリーナ・ロンドの声だ。

夫妻に「行ってきます」と挨拶をし宿屋を出ていくと、イリーナとともに登校する。

「自分なりに、ルシアンくんの魔法の練習をしているんだけど——」

歩きながら、イリーナは俺が考える魔法理論の疑問を投げかけた。

彼女は、俺がやろうとしていることの大事な大事な一人目の生徒だ。

俺は無下にすることなく、既存の魔法と、俺が使っている魔法の違いを説明していく。

「な、なるほど……？」

まぁ、まだ完全に理解を得られてないようだな。

俺の……まだ六歳の子供の話を真面目に聞いてくれる純粋な少女である。いずれきっと理解してくれるはずだ。

既存の魔法は、呪文を唱えることで精霊に呼びかけ魔力と引き換えに魔法を発動させるというもので、便宜上精霊魔法としておこう。

俺はその精霊がいなくても魔法は使えるということを前世で立証している。

我ながら画期的な魔法理論であると思っていたのだが、俺が提唱した理論はまったく浸透せず、今でもこうして精霊魔法が使われている。

そして、その魔法が使えるのは貴族とその血縁者だけという誤った常識が今日まで定着してしまっていた。

貴族の血縁関係者だけでなく、本当は、人はみな平等に魔法が使えるはず——。

前世では神域の魔法使いと呼ばれた俺の目的は、魔法の発展と貢献。

どうしてそうなったのかわからないが、俺がやろうとしていることとまるで真逆のことがこの世界では当たり前と認識されてしまっている。

学院で現代の魔法を学んでいくにつれ、俺にも精霊魔法が使えるようになってわかったが、精霊のような働きをする「何か」のことを精霊と呼んでいるようだ。

当時を知る俺だけしかこの違いはわからないだろうが。

ともかく。

いずれにせよ精霊は不要。

そういった知識を広めて魔法を進歩させるためには、俺の影響力を高めていく必要がありそうだった。

登校すると、昇降口の掲示板に何かが貼り出されていた。

「あ～。これが噂の……」

合点がいったように掲示板を見るイリーナがつぶやく。

「噂の？」

「ああ、うん。これ」

掲示板をイリーナが指さすが、身長一〇〇センチほどの俺が見えるはずもない。それを察したイリーナが体を抱えて、持ち上げてくれた。

……なんというか、恥ずかしい……。

もっと早く身長が伸びてくれればいいのだが……。

「見える？」

イリーナのおかげで、掲示板の内容が読めた。

『魔法競技会について』

魔法競技会……。

要約すると、学院から選抜された生徒たちが魔法技術を他校と競う大会だという。

ふうん。面白そうだな。

「この大会、有名なんですか？」

イリーナに尋ねるとうなずいた。

「うん。毎年すごく盛り上がるし、なんと、陛下がいらっしゃるんだよ」

ほう。御前試合というわけか。

魔法能力なら世界レベルである俺が出ない理由はない。

是非出場したい。

あの魔法はなんだ!?　と、なるに違いない。

そうなれば俺は、独自魔法を観戦していた国王ならびに偉い人に説明するだろう。

俺の魔法理論の新しさが、ついに公になるというわけだ。

「クク……」

「ルシアンくん？　何か変な笑い声が……」

　おほん、と咳払いをして誤魔化す。

　掲示板の内容を読み進めていくと、代表選考会が行われ、その成績優秀者の中から選ばれるようだった。

「……また選抜ですか」

　小さく俺はため息をつく。

　優秀ではあるつもりだが、この学院のモノサシで計った場合、そうだと言える自信はない。

「仕方ないよ。きっとまた上級生中心なんだろうね。あ、でもルシアンくんは、もしかするかもだよ!?」

「そうですかね？」

「そうだよ！」

　満面の笑顔でイリーナは俺のことを推薦してくれる。

　代表者の枠は一〇人……。

　競技会の内容はというと、一対一で戦う個人戦。あとは一〇対一〇の模擬戦。

　この二種類のようだ。

　模擬戦は総当たりになるので、成績に関係なくそれぞれ四試合行われるようだ。

「個人の戦闘能力以外にも、支援や援護が必要だったりしてチームワークが試されるんだよ。見たことがあるけど、毎年かなり盛り上がるんだ～」

一人でそのシーンを回想しているイリーナは、思い出してホクホク顔をしている。

俺はイリーナにお礼を言って下ろしてもらう。

どうにかして選抜メンバーにならなければ。

講義が行われる教室へ行くと、同級生たちは魔法競技会の話題でもちきりだった。

代表を目指そうと言う生徒、観戦するのが楽しみだと言う生徒。様々な思いがあるようだ。

お子様椅子を引きずり、イリーナの隣に並べて座る。

しばらくすると、講師がやってきて、連絡事項を伝えた。

その中で、魔法競技会について触れた。

「魔法競技会の代表選考会が後日行われます。腕を試したい人は是非参加するとよいでしょう」

俺へのメッセージとしか思えないな。

「去年は我がエーゲル魔法学院は総合成績最下位という不甲斐ない結果に終わってしまいました」

そう嘆くように首を振ると、講師が言った。

「この学院に通う生徒全員に代表になる資格があります。去年の名誉挽回をするのです！」

うむうむ、と俺がうなずいていると――。

「ただし……一〇歳未満の学院生は、対象外となるので気をつけるように」

……俺のことか？

講師を含め、みんながこっちを見ている。

うん……俺だな。

ということは何か？　俺はその魔法競技会へは出られないどころか、代表選考会にも出場できない、と？


解せん。

なぜだ。

イリーナに選ばれて当然というような顔をしてしまった自分が恥ずかしい。

まあいい。

理由を考えても詮無いこと。

そっちがその気なら、俺にも考えがある。

「ルシアンくん、出られないんだね……」

残念そうにイリーナが言う。

「はい。それは確かにそうなんですが」

「……ですが？」

「イリーナさん、僕の魔法を習得してみませんか」

「ルシアンくんの？」

「はい。イリーナさんが、僕の代わりに代表になるんです」

「えぇぇぇぇ〜!?」

イリーナは驚きを口にすると、講義中であることを思い出し、すぐに声を潜めた。

その声に驚いたロンが、隠れていた鞄の中から、にゅっと頭を出して周囲を見回している。

大丈夫だよ、と言って落ち着かせて撫でるとすぐに鞄の中へ戻った。

「でも、できるかな」

「この学院で教わっている七面倒な魔法知識は必要ありません」

体内にある魔力器官をいかに上手く使いこなすか。それにかかっている。

「上級生には敵わないかも」

「初年度から代表に選ばれる……宮廷魔法士になるための、すごく有利な肩書だと思いませんか」

想像したのか、ごくりと息を呑むのがわかった。

『鑑定』したところ、イリーナは平均的な魔力器官の持ち主のようなので、俺ほどではないにせよ、まともに使えれば、他の生徒を圧倒できるはずだ。

俺が自身の魔法を広める――。

大切なのは俺が広めることではなく、広めることそれ自体。

だから、広まるのであれば誰が広めてもいいのだ。

「魔力器官？　だっけ。それを使って魔法を発動させるっていう、アレ？」

「それです。今日の放課後から早速はじめましょう」

できるかなぁ～、とイリーナは不安そうだったが、やってもらうしかない。

これは俺のためでもあるし、イリーナの宮廷魔法士になるという夢のためでもある。

放課後。

俺はイリーナに丁寧に自分のしていることを伝えた。

まずは、魔力器官や自分の魔力とその流れを自覚させることからだ。

今まで『精霊』とやらに発動システムを依存しているため、体内にある魔力器官を自覚するのにはどうも時間がかかりそうだった。

まったく文化が違う魔法を覚えようとしているのだ。

呑み込みが悪いのは仕方ない。

以前、同じ村にいた女の子、アンナに教えたことがあったが、アンナは精霊魔法の使い方を知らないまっさらなキャンパスのような状態だったので、変なクセがなく、俺の言うことをそのまま実践できた。

「帰ってからも、魔力と魔力器官を意識してみてください」

「わかった。やってみるね！」

疑うことなく、俺の言うことを真摯に取り組もうとしてくれるイリーナに、心の中でお礼を言った。

代表選考会まであと一〇日。

付け焼刃だとしても、精霊魔法を使うより何倍も可能性があるはずだ。

あとは、イリーナの資質と努力を信じて教えていくしかないだろう。

イリーナとの特別授業は根気が要りそうだ。

だが、その予想はいい意味で裏切られることになる――。

翌朝のことだった。

「ルシアンくん、ちょっと見て」

宿屋に俺を迎えに来てくれたイリーナは、疲れたような顔をしていたが、目だけは強く輝いていた。

まるではじめて魔法を使った子供みたいに。

「見てって……まさか」

「教わった通りに、何度も繰り返したの。魔力を自覚して、それがどう流れているのかを感じて
――」

俺が言った通りのことを口に出して繰り返すイリーナ。

「どんどん練習するうちに、それが少しづつわかってきて、楽しくなっちゃって！」

えへへ、と疲労が残る顔に笑みを咲かせる。

「僕の魔法が使えるように――」

「まあまあ、焦らないで見ててよ」

食いついた俺を制すように言うと、すうっと息を吸って吐いた。

イリーナが集中しているのがわかる。

それと、彼女が魔力を感じているのもわかった。

魔力器官が稼働をはじめている――。

『『ファイア』』

ブフォォォォゥ！

手の平を差し向けた一帯に、巨大な炎が放たれた。

家一軒を丸ごと呑み込めそうなほどの火炎が、周囲の空気を焼き払う。

熱風が顔に吹き付け、俺は目を細めた。

火炎は一瞬にして消え去ったが、まだ顔が熱い。

「や、やった！　たまに失敗するんだけど、上手くいった！　よかった～」

一日でここまでできるようになるとは。

俺が驚いていると、イリーナが言った。

「ルシアンくんの教えてくれたことって、すごくシンプルで、わかりやすかったんだよ。小難しい知識や解説とか、呪文に対するアプローチや考え方とか、そんなのすっ飛ばして、練習して体に覚え込ませる……たったこれだけだもん」

俺は、柄にもなく感動していた。

「もっと練習すれば、きっと上級生とも渡り合えるかな……!?」

「ええ。もちろんです」

よほど嬉しかったのか、イリーナにぎゅっと抱きしめられた。

「イリーナさん？」

「ありがとう。教えてくれて」

お礼を言うのは、こちらも同じだ。

力が強くなり、ぎゅぎゅっと締まっていくので、どんどん息苦しくなる……！

「ロン、ロン！」

俺のことを案じてか、ロンがイリーナの足を叩いていた。

「もしもーし？　入口で何してるのよ。行かないと遅刻するわよ？」

ソラルが宿屋から出てきて、呆れたように鼻で息を吐いた。

通学路を歩き出すソラルのあとを俺たちも追う。

「ソラルさんのときは、魔法競技会はどうだったんですか？」

「私？　出たわよ。史上最年少で。ただ、学院としては全然ダメだったわ。そういえば、そろそろ選考会ね」

「ソラルさんのときも、年齢制限があったんですか？」

「え？　そんなのないわよ？」

何？

「ソラルちゃん、昨日来てないみたいだから、掲示板を見てないと思うけど――」

イリーナが前置きをして、出場資格についてソラルに教えた。

「一〇歳未満は資格なし、ねぇ……」

納得いかなさそうにソラルはつぶやく。

「魔法学院って、基本的に才能あるものは拒まないってのが、どの学院にも共通しているの。だから、ルシアンも通えているわけだし。……けど、ここにきて制限を設けたのはどうしてかしら……」

最後は、自問するような小声だった。

ソラルは顎に手をやって考えるように視線をそらす。

「もしかすると、ちっちゃ過ぎると危ないってなったのかも」

イリーナが口にした。

「うん、それが妥当よね。こんなちびっ子が通うなんて想定してなかっただろうし」

ソラルが意地悪そうな笑顔をする。

「魔法競技会に参加できるってだけで、かなりの栄誉になるし、その後の人生を左右すると言っても過言ではないわ。だから選考会の学院生たちは命がけよ。そんな中にチビっ子を放り込んで万が一があったら……ね？　それを考えると、その判断もわからなくはないわ」

むう。あり得そうだ。

ソラルの仮説は当たらずとも遠からずといったところか。

講義を受けている最中も、俺はイリーナに独自理論の魔法を教えていた。

口で言って覚えてもらうより、やって覚えるほうが早いと思うが、イリーナは丁寧に理屈を知りたがった。

「なるほど……」

講義そっちのけで、イリーナは俺が教えたことをメモしていく。

「詠唱も一切不要っていうだけで、撃ち合いになればかなり有利だよね」

「はい。それに、僕が提唱する魔法は精霊の属性に関係なく発動させられます」

「属性に関係ない？」

こくり、と俺はうなずく。

「覚えてしまえば、肉体強化など物理的な支援魔法も自分に使うことができますから」

へぇぇぇ、とイリーナは目を丸くしている。

「本当にすごい……」

だからこそ、だ。

年齢制限に俺が引っかかってしまったので――。

「イリーナさんには、なんとしても選考会で選抜メンバーに選ばれてもらいます」

「もちろんだよ。負けるつもりはまったくないからね」

瞳がやる気に満ちている。

イリーナは記念すべき一人目の弟子だ。

なんとしてでも彼女に活躍してもらわないと。

講義が終わると講師が再度アナウンスをする。

「代表選考会は、週明け月曜日に行われます。選考会の資格は一〇歳以上なので、ギルドルフ君は、今回は見学となりますね」

選抜メンバーに年齢制限がある以上、選考会も同じ条件になるとは思っていた。

選考会の内容はというと、参加者がつけるバッヂを制限時間内に奪い合うというもの。

バッヂの数はもちろん、戦闘内容や状況判断なども審査の項目に含まれる。

場所は、学院の敷地内にある演習場として使われる広大な森。

ひそひそと教室のそこかしこで話し合う声が聞こえてくる。

個人戦という説明だったが、気の置けない仲間と複数で動いたほうが効率もいいし勝率も上がるということだろう。

競技会では、一〇対一〇の模擬戦があるので、支援、援護という能力も査定に含まれるようだ。

あの様子だと、チームを組むのは暗黙の了解らしい。

「ルシアンくんの独自魔法を試すいい機会……わたしは、一人で十分……」

イリーナがしたり顔で頬をゆるめている。

力試しをしたい気持ちはわかるが、俺としては誰かと組んで安全にいい成績を収めてほしいのだが……。


「んだよっ……いいだろ、入れてくれても」

そんな声が聞こえてくるので目をやると、細眉のライナスが舌打ちをしているところだった。

ライナスは、入学初日に俺にいやがらせをしようとして返り討ちにした生徒だ。

そのあと、それを指示した講師であるゲルズにいやがらせの失敗の責任を負わされそうになり、それを俺が助けたことは記憶に新しい。

いやがらせのときは二人ほど従えていたが、今はもう一人ぼっちのようだ。

「ライナス、みんなに断られてるね。まあ、自業自得というか」

呆れたようにイリーナが言った。

「嫌われているんですか？」

「はっきり言っちゃうとそうだね。強いのはたしかなんだけど、それを鼻にかけて威張っていたから」

前後左右にライナスは声をかけるが、結果は同じ。

わかりやすく肩を落としていた。

自分が撒いた種とはいえ、少し可哀想になってくる。

講義が終わると、イリーナと仲のいい女子がイリーナに話しかける。

内容は選考会のチームの誘いだった。

「大丈夫。わたしは一人で」

誘いに乗ってくれればいいのだが、笑顔で断っていた。

こうなっては、誰とも組まないだろう。

俺は椅子からおりて、うなだれているライナスのところへ向かった。

「よう、ルシアン。どした」

明らかに元気がない。

言葉にも所々ため息が混ざるありさまだ。

「ライナスさん、選考会でイリーナさんを援護してくれませんか？」

「イリーナを？　オレが？」

意外な提案だったのか、ライナスは目を丸くしていた。

「はい。本人は単独でやる気満々なんですけど、誰かサポートしてくれたほうがいい成績が収められると思うので」

「イリーナは、一人がいいんだろ？」

「だから、こっそりと彼女をサポートしてあげてほしいんです」

「ルシアン、おまえ……」

落ち込んでいた表情だったが、ライナスはニヤリと笑う。

「好きなんだな、イリーナのこと」

「は？」

「いや、いい。いい、いいって。言わなくても」

手を突き出し、ライナスは俺が何か言おうとしたのを遮った。

もうずーっとにやにやしっぱなしだ。

「あんなふうに世話焼いてくれるし可愛いし、結構人気あるんだよな、イリーナは。おまえからすれば身近なおねーちゃんって感じだろうし、憧れちゃうのもわかる」

うんうん、とライナスはうなずいて俺の肩を叩く。

何もわかってないな、こいつは。

「そういうわけでは……」

「大好きなおねーちゃんを守りたいってことだろ？」

「イリーナさんは、好きとかそういうアレではなく――」

「いいよ。わかった。わかったって。おまえには退学になりそうなところを助けてもらったこともある。おまえのねーちゃん、オレが守ってやんよ！」

自信満々な顔で親指で胸を指差すライナス。

すさまじい勘違いをされてしまった。

……まあいい。

協力者を得たという事実は変わりない。

「表立って協力すると、イリーナさんは拒否すると思うのでこっそり」

「ああ、わかった」

「イリーナさんは、僕にとっては弟子のような存在で」

俺が誤解を正そうとしていると、ライナスは周囲に人がいないことを確認した。

「こっそりおっぱい触っちまっても、おまえなら許されるぜ。意外とデカいからな、イリーナは」

声を潜めてそんなことを言う。

下衆め……。

「うらやましい」

「あの、だから……」

はあ、と俺はため息をついた。

この状況では、何を言っても聞いてくれそうにないな。


放課後。

生徒の自主練習用に開放された演習場で、俺はイリーナとライナスの前に立った。

「イリーナさんには、引き続き魔力器官による魔法発動の練習をしてもらいます」

「ルシアンくん。ライナスがなんかいるんだけど」

ちらりとイリーナがライナスを一瞥した。

「『なんかいる』はねえだろ。オレもルシアンに特訓してもらうんだ」

「えぇ～。わたしだけでいいのに」

唇を尖らせ、イリーナは不満を口にする。

意外とイリーナは独占欲のようなものが強いのかもしれない。

一人で選考会を戦うというのも、すべてを自分の功績にしたい、という気持ちの表れなのだろう。

そんな人材のほうが、俺の独自理論を広めてくれそうなので、そういった意味でもイリーナは適材だった。

「そう言わないでください。イリーナさんは、自分が扱える魔法を魔力器官を通じて発動できるか確認もしてくださいね」

「はい！」

いい返事だ。

「ルシアン、オレは何を？」

「ライナスさんは、土魔法メインの魔法戦士、でしたか」

「ああ。バリバリ前線で戦うタイプだ」

影から支援するという意味では、適しているわけではないが、イリーナにとっては周囲全員が敵となる。

こっそり背中を守ってあげるだけでも、大きく違うはずだ。

「ライナスさんには、肉体強化系の魔法を覚えてもらいます。イリーナさんが練習している魔力器官の使い方も」

「なんじゃそれ」

こうして、イリーナとライナスの特訓がはじまった。

ライナス

マリョクキカン。

はじめて耳にする単語に、ライナスは首をかしげた。

「んだよ、それ」

「魔法発動を司るものです。人間それぞれ必ず持っているもので――」

そんな話、はじめて聞いた。

ところどころわからなくなり、質問をするとルシアンは丁寧に答えてくれた。

『ファイア』」

少し距離のある場所に移動したイリーナが巨大な火球を発現させていた。

演習場は他の生徒もいたが、見ていた人たちがどよめくほどだった。

そちらを見ていたライナスはつぶやいた。

「……おいおい、マジかよ」

入学してまだひと月ほどだが、イリーナといえば、クラスでも成績は下のほうだった。

落ちこぼれクラスでも下のほうなのだ。

少し見ない間にあんな魔法を使えるようになるとは、ライナスには考えられなかった。

「ルシアン。お、オレも、イリーナみたいな魔法が使えるのか……？」

尋ねると、ルシアンは辟易したように首を横に振った。

「さっきからそうだと説明をしています。誰にでも使えるものであって、精霊なんて存在に頼らずとも、人は本来あれくらいの魔法は使えるんです」

「お、オレにも……？」

魔法が使えるとわかったあの日のように、ライナスの胸がドキドキと早鐘を打つ。

「イリーナさんは次の課題は制御ですね。あれをやると三、四回でへバってしまうんで」

ルシアンによると、今は栓を開けっ放しにして魔法を放っている状態らしい。

その栓の閉め方を次は覚えていくという。

ルシアンが言うように、練習をはじめて間もないのにイリーナはもう汗だくになっている。

「選考会は来週です。イリーナさんは頑張り屋さんですからきっと間に合うでしょう」

「イリーナにできて、オレにできねえはずはねえ――！」

「そうです。まあ、ライナスさんに限らず誰でもできるんですが」

魔力器官という体内にあるソレを意識する。

ルシアン曰く、心臓のように体内に魔力を送り出す役割も果たしているとか。

「まずは手に魔力を集中させてみましょう。肉体強化の魔法を使うなら、この操作は必須です」

「よし」

魔力器官。

心臓をイメージしながら魔力が体内を循環していく想像をする。

魔力を手に集中させるように。

させるように。

させるように……。

「む、ぉぉぉ……るぉぉぉうぅぅぅぅぅ……！」

「力む必要はないですよ」

体内の魔力に集中しながらも、ライナスは、オレなんでこんなチビっ子に魔法教わってんだ、と頭の片隅で思う。

「オレにできねぇはずがねぇぇぇぇぇ」

イリーナがまた初級の火炎魔法である『ファイア』を発動させた。

そのときだった。

たとえるのなら、空転し続けた歯車が、噛み合ったような感覚。

「それです。ライナスさん」

こんな子供なのに、褒められると嬉しい。

ルシアンは、ほんのちょっとした魔力の変化に気づいたようだった。

本来の指示通り、手のほうへ魔力を集めていく。

汗が吹き出し、顎を伝う。別の汗が目尻から目に入り、集中が乱れた。

「ぬはぁあ!?」

適温のお湯のように温かった魔力が、瞬時に体内のどこかへ消え去った。

「……めちゃくちゃ疲れるな、これ」

「慣れです。慣れていけば、詠唱なんてしなくても魔法は発動させられるようになりますから」

ぴ、とルシアンが人差し指を立てる。

そこに小さな炎が灯った。

まるで魚の卵のような、爪先ほどの炎。

「あ、あんなに小さく……？」

すげえ……。

思わず心の中でつぶやくライナス。

やってみてわかったことがある。

魔力器官とやらを意識し体内の魔力を操作し、魔法を発動させる——。

イリーナ同様に、自分もまだ制御も操作もできない状態だ。

だがルシアンは小さな炎を、呼吸をするように自然に発生させた。

魔力の制御と操作が完璧でなければできない芸当なのだとライナスは理解した。

魔力量が大きければ大きいほど意識しやすい。

あのままもし魔法が発動していたら、ライナスは一発で魔力を使い果たしてしまっただろう。

「これをやっていけば、ルシアンみたいになれるんだな!?」

「その通りです。ライナスさんだって、イリーナさんの背中を守るだけじゃなく、代表を目指したいでしょう」

「ったりめえよ」

「今まで教わった魔法では、上級生には敵わないでしょう。知識も経験も違います。一度で彼らを出し抜くとなると、この方法が最高効率の最短ルート」

ごくり、とライナスは喉を鳴らす。

なんとなく、魔法学院は貴族だから通ったほうがいい――。

両親も場所は違えど魔法学院には通っていた。

だから、自分も通うべきなんだ、と目的もなく思っていた。

そう。ただ、なんとなく。

何になりたいのかはわからないけど、力が強ければカッコいい。

単純明快な理屈だ。

「最っ高じゃねえか」

「最高というか、ううん……これが普通なんですよ、本来」

不敵にライナスが笑うと、ルシアンは困ったように笑って肩をすくめた。

言動ひとつひとつに説得力があるように感じるのは、オレだけなんだろうか。

『スゲー奴感』がルシアンの言動から滲んでいるような気がする。

「ルシアン、おまえ変なやつだな」

「失礼な」

今日は何度でもやってください。

ルシアンがそう指示するので、ライナスは素直に従い、魔力器官を意識し手に魔力を集めることを繰り返した。

もっとも、きちんとできず、一番惜しかったのは一回目のときだった。

「一人でどこでもできますから、下宿先でもやってください」

「わかった」

そう。

たとえるなら、空転し続けた自分の歯車が、ようやく噛み合った。

そんな感覚。

「信じれば、強くなれる、よな」

「……」

ルシアンは答えない。

「どうなんでしょう。強さって言っても、色々ありますから」

「正直なやつ。強くなれるって言ってくれりゃいいんだよ」

へへ、とライナスは疲れが滲んだ顔で笑う。

考えるようにルシアンは視線を宙にやった。

「ううん……。出し抜ける程度にはなれますよ。ただそれを強いとは言わないです」

「なんだよそれ」

こいつ、どのステージにいるんだよ。

魔法が使えるようになって、上手い下手に分かれるようになった。

自分はあいつよりも上のステージにいるんだな、と自覚できるようにもなった。

ということは、ルシアンからすれば、上級生たちは歯牙にもかけないレベルということ。

「精霊なんていうワケのわからない存在に魔法能力の半分近くを依存しているような魔法体系に、僕の新魔法が劣るはずがありませんから」

だから、とルシアンは続ける。

「イリーナさんとライナスさん。今回はお二人にそれを証明してもらいたいんです」

なんでもできそうで、欠点もなさそうなルシアンに頼られる。

「飛躍的に強くなれる――そのはずなんです。断言はできないですけど、どうか、信じてほしいです」

これはこれで、なんだか気分がいい。

「いいぜ。信じるよ。任せとけって」

わしわし、とライナスはルシアンの頭を雑に撫でた。

「あーっ！　ルシアンくんに乱暴しないで！」

見咎めたイリーナが指を差していた。

「どこがだよ」

なんとなく講義を受けて、なんとなく下宿先の寮に帰り、なんとなく日々を送る。

そしてなんとなく貴族として生きていく。

……そんなライナスにも、ひとつ目標ができた。

「おまえの言う新魔法とやらで、オレ、めちゃくちゃ強くなってやっから」

強いっていうのは、カッコいいこと。

子供のようなライナスの価値観だからこそ、ルシアンの能力も言動も真っ直ぐ信じられた。

半目をしているルシアンがぽつりと言う。

「言うが易しとはこのことですね」

「生意気な……人がせっかく意気込んでるのに」

「飛躍的にとさっき言いましたが、たゆまぬ努力が物を言います。……励んでください」

「へへ。おう」

ライナスから思わず笑みがこぼれる。

ルシアンが嬉しそうな顔をしていたからだ。

今日の放課後も演習場で訓練をしていた。
イリーナは元々そういう性格もあったのだろう。

俺の言うことをよく聞き、愚直なほど訓練に励んだ。

俺の魔法理論を理解すると、次は発動、そして制御という段階を踏んでいった。

イリーナは、まず発動させるというハードルを越えるために、魔力消費を厭わないやり方をさせていたが、それもいよいよ慣れてきた。

制御の訓練に入っても、素直な性格のおかげで得意の火炎魔法の発動、制御が日増しに上手くなっていった。

「『ファイア』」

イリーナが口にすると、魔力消費の気配がし、手の平サイズの火球が宙に出現した。

ちら、とイリーナが俺を窺う。

俺は何も言わず、ただうなずいた。

制御の次は操作となるのだが、それに関しては学院で習っているものと相違ないので、俺が教える必要はなかった。

もう一人の生徒。

ライナスも見かけによらず、案外素直だった。

「発動に慣れてきたら、次は制御できるようにします」

「よぉーし、わかった」

ライナスは、安直に俺の言うことを鵜呑みにしている節がある。

だが、それくらい単純な思考回路でないと俺の独自魔法を使ってみようと思わないのかもしれない。

選考会はあと三日に迫っている。

イリーナは独自魔法を実践できるだろうが、ライナスは付け焼刃となってしまうかもしれないな。

もっといい手はないのか……。

そう考えていると、悲鳴が聞こえた。

「あぁあッ!?　あっああ――」

思考をやめて思わず目をやると、魔法が暴発したのだろう。

一人の生徒が火に包まれていた。

「誰か、先生を！」

「そんなことよりも、水！　水を！」

水流魔法……この時代では水魔法か……それが使えても水場が近くにないと精霊魔法では発動できないんだったな。

「『ウォーター』」

俺は水魔法を発動させた。

体の三分の一ほどが炎で包まれている生徒の上に水の塊を出現させると、そのまま生徒めがけて水の塊を落とした。

バッシャンッ、と水音がすると、炎は一瞬でなくなり事なきを得た。

イリーナもライナスもおたおた動揺していたが、突如現れた水の塊で鎮火されたことで胸を撫でおろしていた。

「今のって、ルシアンくん……？」

「やっぱおまえか」

弟子二人がこちらに目を向けてくる。

「誰でもいいでしょう。あの人は無事だったんですから」

イリーナとライナスは目を合わせてくすっと笑う。

「あの人、これから大丈夫かな」

「そういや講義で言ってたな」

「なんの話ですか？」

二人の会話に入ると、イリーナが教えてくれた。

「たぶん暴発だったんでしょ、今のって」

魔法を撃ち合っている練習相手や流れ弾が当たった様子はなかった。

「トラウマになるんだってよ。程度は人それぞれで、全然気にしないやつもいりゃ、最悪魔法が使えなくなるくらい精神的なダメージを負うやつもいる」

なるほどな。

現代で一般とされている精霊魔法は、発動システムを「精霊」とやらに依存している。

過剰な魔力や過小な魔力では、暴発の危険があると講義で言っていた。

そうならないためにも、魔法の知識や精霊の知識がどうのこうの……。

そういった七面倒な話だった気がする。

「ちなみに、僕が教えた独自魔法では、暴発なんてものはありません。魔力が過剰であれば、無駄に浪費するだけですし、過小であれば発動しません。それだけです」

「シンプルだね」

「だな」

イリーナが言うとライナスも相槌を打つ。

「あの人、選考会は難しいかもね」

「三年一組の……クリスだっけ」

そのクリスとやらは、ゆっくりと歩いて演習場を出ていこうとする。

クリスが見守っている生徒と何かを話すと、俺と目が合った。

「君が魔法を？」

自然と注目が集まる中、俺は一度うなずいた。

「はい」

演習場がざわついた。

「もしかして、あの子が、噂の？」

「討伐隊を救ったんだろ」

「災害級を倒したっていう、あの？」

先日、学院に魔物の討伐作戦参加の依頼があった。

選抜された生徒たちは、騎士団や冒険者たちの物資運搬の後方支援をするというものだったのだが、苦戦した挙句、戦線が大きく崩れてしまった。

本来戦わないはずの選抜部隊も窮地にあり、こっそり様子を見に行った俺が、周囲の魔物を一掃してみんな無事に帰ってこられた。

一組は学年で優秀な者が集められるが、その選抜隊にクリスはいなかったと思う。

「ありがとう。おかげで助かったよ」

クリスは精一杯の笑顔を浮かべて、握手の手を差し伸べてくる。

制服の一部が燃え焦げている程度で、体の異常はないようだった。

精霊魔法も独自魔法も、精神を肉体が支えていると言ってもいい。

気力、精神力、それらが萎えてしまっていれば、健康であることは、大して意味がない。

「無事だったようでよかったです」

俺はクリスの手を握り返す。

相当恐ろしかったのだろう。

まだ少しだけ手は震えている。

ん？

手がゴツゴツとしていない。

声も低く、髪の毛も比較的短いので男かと思ったが、どうやら違うらしい。

「保健室まで送ります」

「じゃあ、可愛い騎士様にエスコートをお願いしようかな」

演習場を出ていき、閑散とした校舎内に戻る。

保健室へと連れていくと保健の先生は不在だった。

クリスがベッドに腰かけると、大きく息を吐いた。

「もう、ダメかもしれないな」

「ダメ、ですか？」

「ああ。ずっと選考会ではいい成績は残せなくて、先日の討伐隊にも選ばれなくて」

両手で顔を覆うクリス。

肩を震わせると、手の隙間から涙が流れてきた。

「な、何を泣くことがあるんですか。全然ダメではないですよ」

慌ててフォローしてみるが、上手くいったとは思えない。

「入学から一組でずっとやってきたけど、なんの成果も残せなくて……。一年生ならまだしも、三年にもなって魔法を暴発させるなんて……。その光景が焼きついてしばらく魔法は使えそうにない……」

クリスはぐすん、と鼻を鳴らす。

落ち着かせようと考え、俺はクリスの頭を撫でた。

「慰めてくれるのかい」

「そんなところです」

もっと上手い言い方はないのか、と心の中で自虐をつぶやく。

「でも、もういいんだ。選考会の結果次第で、学院を辞めるように、と父には言われているから」

年頃の貴族の娘だ。

魔法の才能がないのであれば嫁いだほうが家のためになる、という判断なのだろう。

「辞めるんですか」

「その流れになるはずだよ」

「辞めなければ、また突発的に討伐隊だったり何かチャンスがあると思うんですが……」

「そういう話になっているから」

父親とそういう約束をしてしまったらしい。

「じゃあ、クリスさんが選考会でいい成績を残せば、辞めずに済むんですよね」

「……？　ああ。そうだけど、しばらく魔法は――」

魔法を使おうとしているのがわかるが、発動の気配が感じられない。

肩を落としたクリスは首を振った。

「この通りだ」

精神的に萎えている者に独自魔法は使えないので、クリスに教えても今回は間に合わない。

年齢制限で出られない俺は、イリーナやライナスを代役として独自魔法を教えている。

二人が広告塔の役割を果たしてくれることが狙いだ。

だが、一番いいのは、俺が成果を出すこと。

……この提案なら、お互い利益があるはずだ。

「クリスさんの代わりを出場させてもいいですか?」

その日、クリスから了承をもらった俺は、下宿先の宿屋の一室で作業をしていた。

クリスの成果として認められ、なおかつ、俺の独自魔法だとわかれば尚よし。

このままでは、選考会に出られないクリスは学校を辞めてしまう。

彼女なりに努力した結果がこれでは、悲しすぎる。

この選考会で彼女の父親を納得させられる材料ができればそれでいいのだ。

神から与えられたスキルのひとつ、『鍛冶魔法』で作ったゴーレムが形になってきた。

「ロン、ロン!」

ロンがぴょこぴょこ、と跳ねている。

ロンは、森で魔物に襲われているところを助けた半分獣、半分妖精の不思議な魔物だった。

猫と狐を足して割ったような容姿で、綺麗な体毛は触るともふっとしていて、撫でるととても癒される。

「もうちょっと待って。もうすぐできるから」

俺が作っているのはクリスに似せたゴーレムだ。

『付与定着』の魔法や俺の魔法を駆使すれば、『クリス』を遠隔操作できる。

「……よし。こんなものだろう」

うつぶせになっている『クリス』に俺は『影手繰り』という魔法を使う。

手を細かく動かすと、思い通りに『クリス』は動き立ち上がった。

「クリスさんの代わりに、こいつに出てもらうんだ」

と、わかりもしないロンに俺は説明をした。

ただ動くだけで選考会を戦えるとは思っていない。

あとは俺の独自魔法をこいつで再現できるように調整をしていけば――。

「さっきから何をバタバタしてんのよー？」

扉がノックもなく開くと金髪碧眼の少女が中に入ってくる。

ソラルだ。

「すみません。騒がしくしてしまって」

「一体何を作って――きゃぁぁぁぁぁああ!?　な、ナニ、ナニよこれ!?」

叫んだソラルは、扉を盾にするようにして裏に隠れた。

「何って……ゴーレムです」

「またゴーレム!?　ほぼ人じゃない！」

そう見えるのか。よかった。

実は、容姿が一番問題だった。

クリスとして出場させるのなら、当然彼女と瓜二つでなければならない。

周囲を上手く騙す必要がある。

髪色や体格は本物に近くなったが、顔は上手く似せることができたかどうか、自信がなかった。

「少女のゴーレムです」

「なんで裸なのよ」

……。

「それもそうですね」

まったく考えてなかった。

クリスに似ているかどうか以前に、学院の生徒なのだから制服が必要だ。

明日、クリスに言って予備の制服を借りよう。

「あ、あ、あんた、この裸ゴーレムで一体ナニをしようとしてたわけ⁉」

人差し指をぶんぶんと振って俺を糾弾するソラル。

多感なお年頃というやつだ。

やれやれ。

元宮廷魔法士といえども、皮をめくれば一四歳の小娘というわけか。

学院の教室でもこんな空気がときどきある。

男だの女だの、好きだの嫌いだの……。

学院に一体何をしに来たのかとつい思ってしまう。

「何か勘違いしているようなので、説明しておくと――」

と、俺は今日あった出来事をソラルに教えた。

「あ、ああ、そうなの」

いやらしい勘違いをしていたソラルは頬を染めたまま、おほん、と咳払いをする。

「じゃ、あんたはこのクリス（仮）を操って選考会に出場して、手柄を彼女のものとするつもりなのね？」

「はい」

「あんたが操っているってバレちゃ、クリスの成果にはならないわよ？」

「わかる人にはわかりますから」

「その魂胆を私は知ってしまっているし……ゲルズ先生も学長もきっとわかるわね」

そう。

年齢制限を設けたのは誰かわからないが、おそらく学院の上層部だろう。

その誰かに、競技会への出場条件を改めさせられるのであれば、作戦成功だ。

「けど、どうしてこんなに細かいところまで再現しているのよ」

「何かの弾みで肌が露出するようなことがあれば、困りますから」

半目をするソラルはつんつん、と『クリス』の胸を触る。

「ここまでやる必要ある？」

「凝り性なもので」

「見たの？　本人の」

「そんなわけないじゃないですか」

「…………エロガキ」

「どこが。心外です」

ただの六歳児ならそうはいかないだろうが、前世の記憶がある俺は、女性の裸を見た程度で理性を忘れることはない。

「とりあえず、服貸してあげるからそれを着させて」

「わかりました。彼女を動かして部屋まで取りに行かせます」

『影手繰り』を発動させ『クリス』を動かす。

「うぎゃ!? 動いた!?」

驚いたソラルが腰を抜かしそうになっていた。

翌日の放課後、俺はクリスから制服を借り、下宿先の部屋にいる『クリス』に着せた。

「話を聞いているだけでは半信半疑だったが、本当に自分から動いてきちんと制服を……」

ソラルの服を脱ぎ、制服に『クリス』は袖を通していく。

今日はイリーナとライナスの二人は自主練をしている。

あの二人なら、きっと学院の演習場で頑張っているところだろう。

「自分ではないが、自分と似た容姿をしているから、ルシアンに着替えをじっと見られるのは恥ずかしいな……」

たまらなくなったのか、クリスは俺に見せまいと目隠しをした。

俺は作りはじめたら最後まで作らないと気が済まない性分だったようだ。

ソラルに服を借りたそのあと、ずっと『クリス』が魔法を使えるように調整をしていた。

おかげで今日は寝不足だ。

「しゃべることはできませんが、僕が使える初級魔法なら彼女も発動させられます」

「たった一晩で、こんなものを作り上げてしまうなんて。君は、神の使いか何かなのか」

まあ、その通りだ。

前世の俺は、魔法の基礎理論を考案し『魔法の父』と呼ばれるはずだったが、俺は例の独自魔法を誰にも教えないまま不治の病にかかってしまい病没。

そのせいか、本来発展するはずだった魔法が発展しておらず、著しく遅れているから、神から様々な祝福を与えられ俺は現代に転生をした。

独自魔法を広めたい俺と、未発展の魔法を発展させたい神と目的が図らずも一致したのだ。

もぞもぞという衣擦れが聞こえなくなると、クリスが目隠しを外す。

『クリス』が制服に着替え終えていた。

本人と偽物をずーっと見ていると見分けがつくが、その比べる本人がいなくなれば違和感程度で済むだろう。

初級魔法が使えるかどうか、きちんと試していなかったので、俺はクリスと『クリス』と一緒に空き地まで向かった。

「ルシアンの初級魔法というと……」

「『ファイア』『アロー』『ウォーター』『ロックピック』の火風水土の四種を基本にし、属性を組み合わせてそのときどきでアレンジを」

「ま、待て待て待て。待ってくれ」

頭痛を堪えるように、クリスはこめかみを押さえた。

「まず、私は一属性しか魔法は使えない。これは私だけではない。だいたいの人がそうだ」

「……のようですね。『クリス』には『アロー』とそれをアレンジした風魔法を使わせましょう」

「アレンジなんてことができるのか？」

「はい。火と風を掛け合わせたり、水と土を掛け合わせたり、応用というやつです」

「そんなことができるなんて、私ははじめて聞いた……講師たちもそんなことは教えてくれなかったぞ」

「土台から違う魔法ですから」

「違う、魔法……？」

「はい。今は、クラスメイトのイリーナさんとライナスさんが覚えようと頑張ってくれています」

「……私にも、覚えられるだろうか？」

「もちろん」

俺は力強くうなずいた。

さっきまでどことなく申し訳なさそうにしていたクリスに笑顔が戻った。

「では、『クリス』に『アロー』を使わせます」

試運転をはじめる。

俺は『影手繰り』の魔法を介し、風魔法そのものを送った。

『クリス』が手をかざす。

詠唱も魔法名を口にすることもなく、手の平から風の矢がギュン！　と放たれた。

ズガン！

大きな音を立て『アロー』は壁に突き立った。

「うん。成功だ」

「……ルシアン？」

クリスが呆然としている。

「はい？」

「私よりもニセモノのほうが、かなり強いのだが」

「試しに一発撃っただけなので、強度を上げるともっと速くもっと強いものが撃てますよ」

まばたきを繰り返しながら、クリスは俺と『クリス』を交互に見ている。

次は、『アロー』の連射性能だ。

初級魔法のような軽い魔法であれば、『影手繰り』を介してでも、このくらいはできるだろう。

可能な限り俺は『クリス』に『アロー』を連射させる。

ズガガ！　ズガガン！　ズガガン！

三連射のあと一呼吸ほどの間が空き、また三連射。

これは、遠隔操作故のタイムラグだ。

両手から『アロー』を連射させてみると、そのタイムラグはほぼなくなった。

敵からすればずっと撃たれているように感じるはずだ。

「す、すでに私より強いのだが!?」

「強いほうがいいじゃないですか」

「不自然なほど強いのだが!?」

「これでクリスさんは選考会でかなりの好成績を残せます。学校を辞めることもありません」

「ありがたいのだが、本当にいいのだろうか」

「追い詰められて火事場の馬鹿力が発揮された、ということにしておきましょう」

俺は『クリス』が自分の思った以上の性能を発揮してくれたことが嬉しくて日が暮れるまで性能テストを繰り返した。

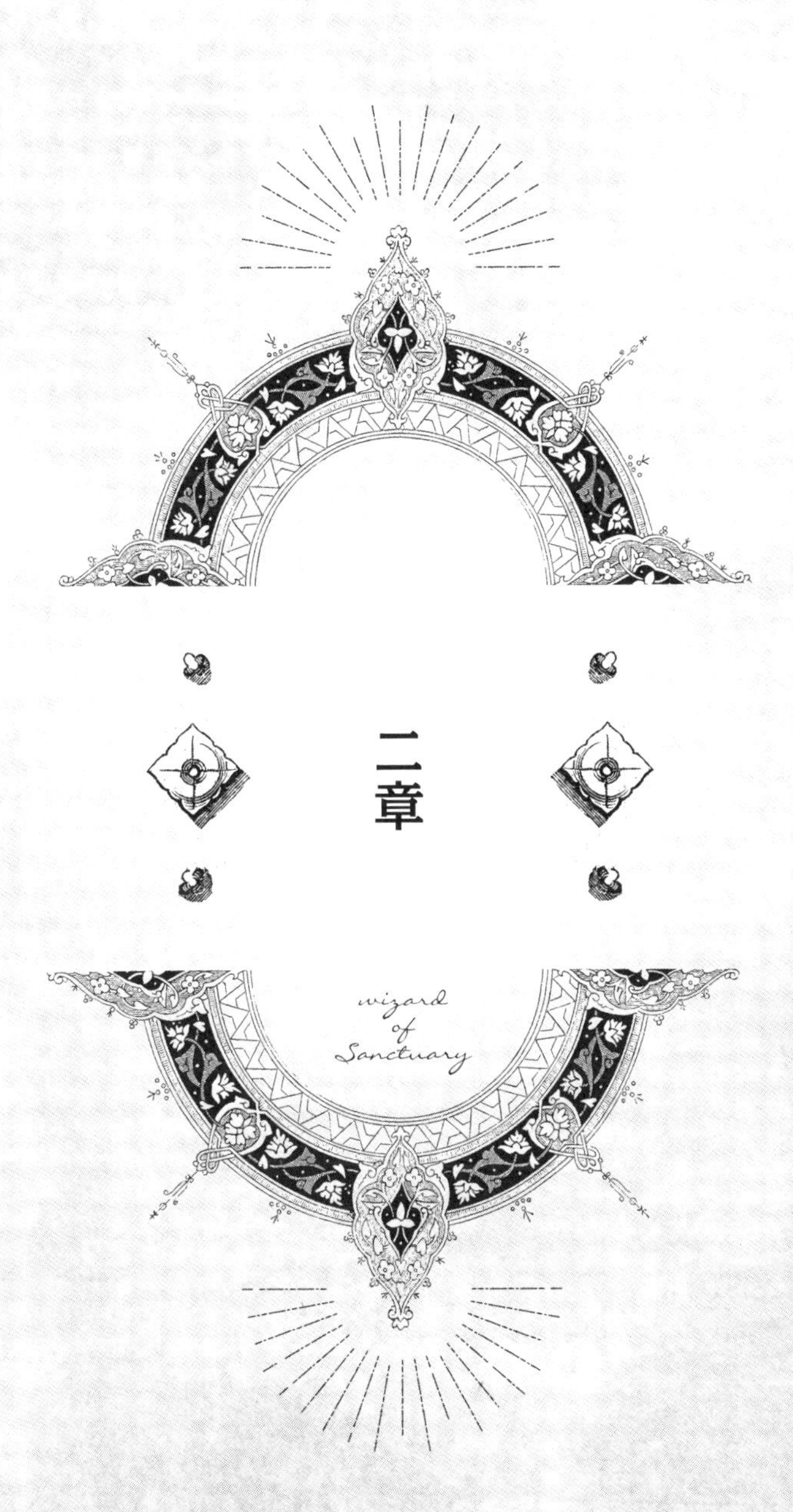

二章

選考会当日。

一年生全員が集まった大教室で、講師のゲルズが選考会の説明をする。

「知っているだろうが、改めて説明をする。学院敷地内の森を使い制限時間いっぱいまで敵のバッヂを奪い合うサバイバルをしてもらう。この選考会において成績優秀者が競技会の選抜メンバーに選ばれる。やる気のない者は早々に辞退するように！」

全員で一〇〇人いるかどうかという大教室は、緊張感でいっぱいだった。

俺が連れてきた『クリス』改め、遠隔式自動人形（リモートゴーレム）、略してリモ。

彼女とクリスはスタート直前にトイレで入れ替わる手筈となっている。

「質問のある者は？」

ゲルズが問いかけると、一人が挙手をした。

「バッヂの数だけが評価対象なのでしょうか」

「『慧眼』魔法でフィールド内にいる様々な動物と視界を同期させている。講師陣はそれを本部でモニターしているので、バッヂを得た過程も重要だと言っておこう。公に認めてはいないが、特定の仲間を支援する働きもこちらではチェックしている」

イリーナが教えてくれたものと大きな違いはない。

「ルシアンは、本部で大人しくしているように。これは学長からの指示だ」

指示とはいうが、ほとんど命令のようなものだろう。

俺は小さく肩をすくめて反応した。

リモは『遠視』の魔法で正確に位置や状況を判断できる。

俺とリモの視界を同期させるより周囲の景色が見やすいので、そうすることにした。

「イリーナさん、大丈夫ですか？」

登校時からイリーナは緊張しっぱなしで、いつも繋いでいる手が少し冷たかった。

「うん。大丈夫。ちょっと足がガクガクするけど」

「ヘッ。イリーナ、おめえ何ビビってんだよ」

不敵に笑うライナスだが、机の下の膝はずーっと笑いっぱなしだった。

イリーナは、精霊魔法で扱える魔法のほとんどを俺の独自魔法でも発動可能としていた。

一週間ほどでここまでやるとは俺も驚いた。

ライナスは、俺が勧めた肉体強化の魔法をひとつだけどうにかマスターした。

扱える魔法はどうであれ、俺の独自魔法の基礎を習得した二人だ。

二人もそうだが、俺も緊張している。

自分が出場するほうがどれだけ楽か。

二人の魔法が通用するかどうか、いい成績を残せるかどうか、心配で仕方ない。

通用するはずだし、いい成績も残せるはず。

……なのだが、どうしても不安に感じてしまう。

リモは俺自身が操作するので、こちらに関しては楽しみで仕方なかった。

緊張が残る中、フィールドの森へと移動するため生徒たちが教室を出ていく。

「ルシアン、君は私と一緒に来てもらおう」

「はい」

俺がなんの文句もなく従うのが不思議なのか、ゲルズが一瞬眉をひそめた。

よっぽど意外だったらしい。

本部とされた屋内演習場へゲルズとともにやってくると、すでに動物と視界を同期させている映像がいくつもの水晶に映し出されていた。

ああいったものは俺の時代にはなかったものだ。

「あれはなんですか？」

「『慧眼』魔法を反映させた水晶だ。貴重な鉱石で普通なかなか手に入らないものなんだ」

「魔法を反映させられる……？　別の魔法でもあの水晶なら……たとえば音を集める魔法の場合は、音が聞こえるということですか？」

「ああ」

要は受信器として重宝されるそうだ。

いくつもある水晶の前には職員が座り、じっと観察をしている。

そろそろだな。リモとクリスを入れ替えないと。

最終確認のため、俺はトイレだとゲルズに言って席を立つ。

クリスの姿が見えると彼女が手を振った。

「入れ替わったあとは、私はここにいてタイミングを見て抜け出せばいいんだな」

「はい。あとはリモと僕に任せてください」

「リモ？」

「この前作った『クリス』さんのことです」

ああ、と合点がいったらしく、クリスは笑う。

「クリス！」

三年の男子があとから追いかけるようにやってきた。

ここに通うのは俺以外全員貴族だが、その中でもとくに品のようなものが感じられる。

「誰ですか？」

「セナ・セレナダル。まあ、簡単に言うとこの学院のエースってやつさ」

そのエースとやらは、たしか前回の魔物討伐部隊に選抜されていた一人だ。

「クリス、約束してくれ。僕が選考会でトップだったら、結婚を前提に付き合うとな！」

「セナ、何度も断っているだろう。私は君には興味がないんだ」

「そう言っていられるのも今のうちだぞ。競技会で僕は最高の成績を収める。そうなれば今以上に周りの子女は放っておかないだろう」

「素敵じゃないか」

相手にしないクリスに、セナはチッと舌打ちをした。

「どの道、君は今回の選考会で学院を辞める」

「どうしてそれを――」

訊いてもセナは答えずニヤりと笑って立ち去っていった。

「ルシアンにしか私は話していないのに」

俺はソラルにしか話していない。

彼女がぺらぺらと他人のことをしゃべるようには思えない。

「セナさんの家とクリスさんの家で、もしかすると密談のようなものがあったのかもしれませんね」

「そんな……。あいつ、普通に嫌いなんだ、私。生理的に無理っていうか」

クリスはげんなりしたようにうなだれていた。

「大丈夫です。負けませんから」

腰をかがめると、クリスは俺を抱きしめた。

「ありがとう、ルシアン」

「お礼はまだ早いです。後悔させないように頑張ります」

「まったく。頼りになる可愛い騎士様だ」

少し低めの声でささやくと、つん、と頬にキスをされた。

手をひらひらと振ってクリスはトイレに入る。

入れ替わりにリモを外に出す。

その胸には、今回奪い合うバッヂがあった。

クリスがつけてくれたのだろう。

もし負ければクリスのこれまでの努力が水泡に帰す。

そればかりか、嫌いなセナと無理矢理結婚させられることになってしまう。

負けられない理由がまたひとつ増えてしまったな。

リモに異常がないかチェックし、俺は三年のスタート位置へリモを移動させた。

俺自身は怪しまれないように、本部のゲルズのそばに戻った。

「あの子の調子はどうなのよ、ちびっ子」

ソラルがこそっと話しかけてくる。

「腰を抜かしますよ。きっと」

「……あんたの場合、比喩でもなんでもないから怖いのよね……」

ソラルは苦笑する。

「尻もちつかないように、きちんと椅子に座っておこうかしら」

冗談めかして言う声は、リモの活躍をどこか楽しみにしているかのように弾んでいた。

リモをスタート地点まで移動させる。
リモには『集音』の魔法を付与してあるので、俺には周囲の音が鮮明に聞こえた。
『遠視』の魔法も発動させているので、付近の様子もよくわかる。
引率の男性講師が改めて説明をした。

「ここからフィールドに入り、合図まで待つように。それまで魔法は一切禁止だぞ。いいな？　それが判明した時点で失格とするぞ」

イリーナやライナスたち一年が先にどこかに潜伏し罠を仕掛けるということもできないのか。

意外と公平なんだな。

力量が比較的弱い一年に先を譲るあたり、きちんと考えられている。

三年はこれで三回目の選考会。

有利な地形を独占させまいとする配慮だろう。

「この選考会で僕がトップだろうとなんだろうと、君は我がセレナダル家に嫁ぐことになる。僕は君に実力を示して好きになってもらいたいんだ」

セナがリモに話しかけている。

「……」

リモを介して俺が会話をするようにはしてないので、結果的に無視することになった。

「フン。そうやって無視を決め込む君が、僕に心を許すようになるのを想像すると震えるね……」

気持ち悪いことを言われた。

なんでも自分の思い通りになると思っている輩だろうな。

全員がそうでないにせよ、貴族の息子というのはこういった手合いが多いのだろう。

講師の合図とともに、三年たちが一斉にフィールドへ入る。

リモも遅れないようにあとに続いた。

演習で何度か入ったことのある森だが、張り詰めた雰囲気がある。

今は息を潜め、開始と同時に奇襲を仕掛けようというやつもいるだろう。

さて。リモはどう立ち回らせるべきか。

まずは、ライナスかイリーナと合流したいところだが、二人にはリモのことは話していない。

イリーナは完全に単独で戦っていると思っていて、ライナスはその付近でイリーナの死角を潰すように言ってある。

では俺は、可愛い弟子二人の様子を観察できるところでボチボチ戦わせてもらおうか。

本部では、モニターされている生徒たちが配置についているのが見える。

岩陰に隠れる者。木々の中で息を潜める者。堂々と獣道を歩いている者。

スタート位置は様々だった。

「そろそろ時間だ。ソラル」

「はい」

ゲルズに促され、ソラルが近くの扉から外へ出ると、手を空にかざした。

ぶつぶつと何かつぶやく声が聞こえ、手の平から光弾が放たれた。

それは花火のように空高く舞い上がると、弾は光の粒子となって飛び散った。

合図だ。

血気盛んな生徒は敵を探し回り、遭遇すると先制攻撃をはじめた。

モニターが賑やかになりはじめた。

俺もリモを操作してやらないとな。
リモの戦術は彼らと同じく、遭遇次第撃破。
逃げも隠れもしない。
「〜〜、——」
リモ側から魔法詠唱のかすかなつぶやきが聞こえる。
『遠視』の魔法のおかげで背面にいる敵に気づいた。
木陰から詠唱をし、発動準備が整ったタイミングで姿を現わした。
「食らえッ！　『ファイア』！」
一抱えほどの火球がリモへ向かって放たれた。
だが、この程度——。
俺は『影手繰り』の魔法を介してリモに『アロー』の魔法を使わせる。
火球に向けて『アロー』が放たれた。

ズガガガンッ！　ガガガンッ！　ズガガガガ！

威力は低く設定したので、連射能力はかなり強化している。
リモの『アロー』は無詠唱で、一秒あたり二〇発が発射可能だった。
火と風。属性の相性としては最悪。

風と火では火に分があるのだが――。

速射砲と化したリモの風の矢は、火球を切り裂き周囲の木々をボロボロにした。

使ってわかったが、これは制圧射撃としてもかなり有効だな。

「う、うわぁぁぁぁぁあ!?　な、なんだこいつぅぅぅぅぅ～!?」

たたらを踏んだ生徒は、背を向けて逃げ出した。

驚いたのは生徒だけではなく、本部もそうだった。

「な、ななな、何よあれぇぇぇえええ!?」

ソラルが椅子から転げ落ちていた。

「あ、あれは、三年のクリス・アーノルド!?」

『ファイア』を無数の『アロー』無効化したぞ!」

「詠唱はいつしたんだ!?」

あわわわわわ、とソラルが口をぱくぱくさせている。

ちら、とこっちを見てくる。

「や、やり過ぎよ、あんなのっ」

「撃っているのは『アロー』ですし、可愛いものかと」

「れ、レベルに合ってないじゃないぃぃぃぃい!」

ソラルは抗議するように俺を指で突いてくる。

「学院生がどうにかできるわけないでしょ!」

周囲に俺の仕業だとバレないように、ソラルは小声で文句を言う。

「あんなの、魔法砲台と変わりないじゃない。しかもあの連射性能……前代未聞だわ……」

クリスには、リモと実力差がかけ離れているので、あまり目立たないでほしいと言われていた。

だが、さっそく目立ってしまった。

「クリスさんには負けられない事情というやつがありますので」

「それにしたって……ああ、もう。兵器じゃないのよ、あれ。ひよっこたちの中に、未知の兵器を解き放って楽しい？」

皮肉だろうが、俺は素直にうなずいた。

「はい。とても。自分が時間をかけて工夫し苦心したゴーレムです。それがあんな戦果を上げるんです。嬉しいのが親心というものでしょう」

はぁ～、とソラルが特大のため息をついた。

「いい性格してるわね、あんた」

またしても皮肉をつぶやくソラル。

俺は当初の目的通り、イリーナとライナスを捜す。

その途中、仕掛けてきた生徒を全員返り討ちにしていく。

「うわぁぁぁぁあああ!?」

ある生徒は恐怖のあまり腰を抜かし……。

「や、やだあ、も、もうやめてぇぇ……」

またある生徒は、頭を抱えてその場で泣き出し……。

「あ、悪魔だ……。終末がやってくるぞ。この世界は悪魔を召喚してしまったんだ！」

またある生徒は、リモのことを悪魔呼ばわりで破滅の使者扱い……。

「彼女はクリス……。すべてを破壊し、創造する神なのです……」

またある生徒は、破壊神として崇めていた。

圧倒的な戦力差だな。

『アロー』なら魔力消費もごくわずかだし、連射性能も高い。

有無を言わさず力を見せつけるのには、図らずも一番いい攻撃方法だったようだ。

「これを自律型にして一〇体ほど作れば……」

簡単に国を乗っ取れる……。

「ちょっと。物騒なことつぶやくのやめなさい」

すぐソラルに注意をされた。

「『ファイア』」

『集音』で聞こえた声に、俺は反応した。

リモのほうを視ると、木々の向こうでイリーナが魔法を放っているところだった。

この選考会では、魔法が直撃しても大怪我には至らないように、自動発動型の簡易シールドが展開される。

とはいえ、簡易なので直撃すれば痛いし、怪我をすることもある。

「ぎゃぁあ!?」

お。イリーナが一人やった。

ぷすぷす、と焦げている生徒に近寄り、イリーナはバッヂを奪う。

「よーし。これで三つ目！」

やった、やった、と小さくジャンプするイリーナ。

……ということは、近くにライナスもいるな？

「『硬化』！　るぉぉぉぉらぁぁぁぁぁぁあああ！」

どこにいるかわからないが、声で近くにいることがわかった。

俺がライナスにひとつだけ教えたのは聞いての通り『硬化』の魔法。

魔法戦士という前線で戦うタイプのライナスにはぴったりだろう。

ぼしゅん、と空気が抜けるような音がした。

音のほうへ近づいてみると、ライナスは二人の生徒と戦っていた。

「くッ、き、効いてない!?」

「も、もう一度だ！　効いてないなんておかしい！」

二人の生徒はまた魔法を発動させようとするが、

「だーっはははは！」

高笑いをするライナスは、再び『硬化』の魔法を発動させ、詠唱の間に接近。

「オラッ、ヌンァァアッ！」

ボコ、ドゴッ、と生徒二人をあっさり殴り倒した。

「へへへ。余裕だぜ。これで四つだな」

本来『硬化』の魔法は、体を強化するもの。魔法が効かないということはないのだが……。

ライナスが木の根元に腰を下ろして毒づく。

「……いってぇ……くそ」

痩せ我慢をしていたらしい。

だがそのハッタリは効果てきめんだったようだ。

イリーナもライナスも順調だった。

この選考会のいいところは、バッヂを奪われても奪い返せるというところ。

制限時間内であれば、常に奪取可能なのである。

その制限時間は三時間。

イリーナもライナスも、実戦で独自魔法を使ってみたい気持ちはわかるが、少し飛ばし過ぎたかもしれない。

リモを中心とした視点では、イリーナにバッヂを奪われた者と別の生徒数人が少しずつ接近しているのがわかる。

これはライナス側も同じ。

バッヂを奪われたらしい三人が、徒党を組んでいる。

「はあ……。まだ慣れないから堪えるね……」

はじまってまだ二〇分ほど。

木陰で休むイリーナが水分補給をしている。

ライナスはイリーナが見える位置にいて、こちらも休んでいる。

「全員が敵ってなると、こりゃキツいな……」

どこから攻撃されるかわからない、というのも結構な負担になっているはず。

二人は、自分が思っている以上に消耗しているだろう。

イリーナとライナスからバッヂを奪おうとチームになっている数人を追い払ってもいいが……。

様々なことが起きる実戦を経験できる機会はそう多くない。

ここは静観しておくか。

「クリス！　僕はもうバッヂを八つも集めたよ！　君の調子はどうだい？」

セナが離れたところからリムに話しかけてきた。

爽やかな笑顔に白い歯。

女子にさぞモテるのだろうな。

「……」

両手をそちらへかざしリモに『アロー』を連射させる。

ガガガガガガガ！

「うわぁぁぁああ!?」

叫ぶセナは、慌てて岩陰に逃げた。

「いきなりとはご挨拶じゃないか」

自分以外は敵というルールなのだ。

ご挨拶も何もないだろう。

「な、なんだ、今のは……？　『アロー』によく似ていたが」

浅い呼吸を繰り返すセナ。

一度リモのほうを覗く。

その瞬間、リモの放った『アロー』がキュン、とセナの頬をかすめた。

「ひい」

悲鳴を短くあげたセナは、岩陰に隠れながらすごすごと逃げ去っていった。

ここまで差が出るとは思ってもみなかった。

さしずめリモは、「場違いな戦力（アンタッチャブルアーミー）」とでも言おうか。

生徒が戦ってはいけないジョーカー的なオブジェクトとなっていた。

「卑怯よ！　三人がかりなんて」

イリーナの声がする。

得意の『ファイア』で敵を牽制し続けていたが、じりじりと距離を詰められていた。

「卑怯？　どっちが！」

「そうだぞ！　ちびっ子に魔法を教わりやがって！」

「俺たちだってな！　教わりたかったんだぞ!?」

「「無詠唱で魔法なんてカッコよすぎだろ！」」

どういう嫉妬の仕方だ。

しかし、俺の魔法を覚えたいと言われて悪い気はしない。

……あの三人、顔を覚えておこう。

ライナスはというと、こちらは逆で敵からの魔法で押されはじめ後退をしていた。

「ちッ。束になりやがって――」

「わっ。こっちからはライナスが――！」

ライナスがついにイリーナにバレた。

「ま、待て待て！　撃つんじゃねえ！　オレは味方だ！」

両手を上げてライナスはアピールをする。

「苦戦してるみてえだな」

「ライナスもでしょ」

「魔法ばっか撃ちやがって、接近の隙がねえ」

「ライナスには有効な戦い方だね。わたしのほうなんて、隠れながら徐々に距離をつめてきて……」

二人が顔を見合わせる。

「バッヂを持ってなくちゃ戦う意味はねえ。逃げてもいいんだが……」

「うん。でも制限時間内であればいつでも奪っていいからキリがないよね……」

両手の拳をガシッとライナスは一度ぶつける。

「イリーナ、おまえの敵、オレに任せてくれ」

「それはこっちのセリフ」

ダッ、とライナスがイリーナを追い詰めようとしていた敵へと猛然と走り出した。

イリーナはライナスを攻撃した敵を視認すると、制御した『ファイア』を放ちはじめる。

「ド突き合いしてえんならオレが相手になるぜ！」

『硬化』の魔法を使用するライナス。

正面からまっすぐやってくるので、敵はまとまってライナスを叩きにくる。

「たった一人でイキがるな！」

「ナメんなよ、おい！」

「持ってるバッヂ、全部渡してもらうぞ！」

それぞれが詠唱をはじめる。

魔法で形作った剣をそれぞれが手にし、ライナスに仕掛けてくる。

「『リビルド』」

無詠唱でライナスが魔法を発動させる。

以前から得意だった魔法だ。

俺も一度だけ見たことがある。体を部分的に大きくする魔法だったか。

以前と違うのは、スムーズに大きくなり、魔力消費も以前の半分以下となったところだろうか。

「うわ⁉」

「でか⁉」

「オッッッッラァアアア！」

大木のように太く長くなった腕を強引に振り回す。

魔法の剣よりもリーチは長く、敵の刃よりライナスの拳のほうが先に届く。

ドガ、ドゴ、ゴン、と一振りで三人を吹っ飛ばした。

「ま、こんなもんよ」

魔法を解除したライナスは、鼻の下をこすって得意げだが、疲労が見え隠れしている。

一方、イリーナのほうは、無詠唱の利点を最大に活かしていた。

敵が足を止めているところに、移動と発動を繰り返している。

制御された『ファイア』は低威力ながら確実に敵へ直撃させていた。

「畜生！　一年のくせに！」

一人が捨て台詞を吐くと三人とも走って逃げた。

状況に応じて魔法の威力を低減させたのは、見事な判断だと言っていいだろう。

確実にイリーナもライナスも強くなった。

「疲れた……イリーナ、水くれ、水」

「どうしてないの」

「もう飲んじまった」

「汲んできたらいいじゃん」

「ケチー」

ライナスがイリーナを詰った。

本来ライナスはイリーナのサポートだったが、もうこうなったのなら、二人で協力してこの選考会を戦っていけばいい。

俺もリモを使ってバッヂをいくつか集めておこう。

イリーナとライナスから離れ、俺は見つけた生徒と戦う。

思った以上にチームとして動いている生徒が多い。

最初に出会った四人組は、あらかじめ打ち合わせをしていたのだろう。

足止め役だったり、味方の能力を底上げする魔法を使う役だったり、仕留め役だったり、きちんと分担されていた。

……だが、リモにそんなものは関係ない。

足止め役が引きつけようと細かく魔法を放ってくる。

そもそもそんな魔法、当たらなければ足止めにもならない。

簡単にかわし、『アロー』をいくつかの木に向けて数発放つ。

「え？　わぁぁあああああああ⁉」

数本の木がゆっくりと倒れていき、四人組の頭上に落ちた。

簡易シールドのおかげで大した怪我には至っていないが、木の下敷きになった彼らから持っていたバッヂをすべて奪った。

あの四人組はなかなか優秀だったらしく他の参加者からもバッヂを奪っていた。

本人たちの分を合わせて七つ。

これでクリスの分を合わせれば、バッヂは全部で八つとなった。

セナが八つ持っていると言っていたな。

これで並んだ。

本部で状況を見ていると、バッヂ首位がどれくらい保持しているのかがよくわかる。

現在トップは、有言実行しているセナ。

ついさっきまで八つだと言っていたのに、すでに三六個のバッヂを集めていた。

リモを比較的安全な場所まで移動させると、俺は本部で情報収集をすることにした。

「あの人、やるわね」

ソラルがモニターを見ながらぽつりとつぶやく。

そこにはセナが映っていた。

「椅子から落ちるほどではないみたいですが」

「何イジってきてんのよ」

生意気、とソラルに頬を突かれる。

「あれは、ほんのちょっとびっくりしちゃっただけよ」

あれがほんのちょっと？

そうでなかったときはどれだけ驚く気なんだ。

「学院のエースと呼んでも過言ではない生徒だ。今年も競技会メンバーに選抜されるだろう」

セナの話題にゲルズも入ってきた。

「今回は、詠唱がやけに速い。発動までの時間が極端に短い。それが好成績に繋がっているようだ」

ゲルズの言う通り、たしかに速い。

……あれはもしや。

魔物討伐隊にもセナは選抜されていた。

あのとき、学院に帰ってきたあと、俺はそのメンバーに自分がやっている魔法について語ったことがある。

「……不自然なほど速いわ」

ソラルもそれに気づいたらしい。

「あんた、あいつにも何かしたの？」

「いえ。僕は何も」

よくセナを観察していると、言うべき呪文と口の動きが合っていない。

なのに魔法は発動している。

ふうん……道理で。

選考会はすでに終盤に差しかかっている。

モニターでは、諦めてフィールドから離脱する者も確認できた。

「イリーナ・ロンド、一年にしてはかなり奮戦しています」

一人の講師が言うと、その様子が見やすいように大モニターに映し出された。

へとへとになりながらも、イリーナはバッヂの奪取と防衛を繰り返し、その数を二〇にまで積み上げた。

「ライナス・ガット……こちらも一年ですが、いい働きをしています」

別の講師が言うと、イリーナに変わって大モニターに映し出される。

戦い方は荒く雑だが、それゆえに魔法をちまちまと撃とうとする生徒にはとくに強い。

精霊魔法は、一発撃つと次に撃つまで少し時間がかかる。

なので、ライナスは一対一であれば、その一発さえかわしてしまえば、あとはどうとでもなるのだ。

疲労が見える表情をするライナス。

地形や付近の様子から、きちんとイリーナをフォローする場所にいるようだ。

バッヂは二三個だと観察している講師が言う。

当初は、イリーナを勝たせるためにライナスには独自魔法を教えたが、こうなったのであれば二人とも上位に残ってほしい。

「リモはまだ八つなので、そろそろ動きます」

「引っかき回し過ぎないでよ？　選考しにくくなるんだから」

俺は首をすくめて、『遠視』を発動させる。

停止しているリモを動かしながら索敵をはじめた。

イリーナとライナスがこのまま順調にバッヂを重ねられるのであれば、かなりいいセンはいく。

だが選抜メンバーの数は限られている。

現在の上位者はいずれ二人の邪魔になるだろう。

となると狙うはセナだ。

仮にリモが一位で終わっても、クリスには辞退してもらう。

というか、辞退すると言っていた。

セナのバッヂが無効になるのであれば順位は自然と繰り上がる。

標的のセナを捜して歩きまわっても、もう誰もリモに攻撃をしかけてこない。

よっぽど恐ろしかったらしい。

それか、三年一組のクリスはヤバイから見かけたら逃げろ、とでも情報交換しているのかもしれない。

本部のほうでどよめきが起きた。

何かと思ってリモから本部に意識を戻すと、モニターではセナとイリーナが対峙しているところだった。
あの場所は――。
再びリモに意識を戻し、俺は現場へと急ぐ。
「『ロックピック』」
魔法名を叫ぶセナ。
標的であるイリーナの付近から円錐状の地面が勢いよく突き出した。
「くっ――。『ファイア』！」
どうにか回避すると、イリーナは得意魔法で反撃する。
だが、開始直後と比べれば、火の勢いもなく、速度もかなり落ちていた。
「そんな攻撃で！　僕の壁を破れるとは思わないほうがいい！　――『ウォール』」
セナの前面に、ゴゴッと地面が迫り出し壁となった。
イリーナの攻撃は簡単に壁によって防がれてしまった。
……イリーナの疲労はわかる。
かなり戦っているからな。
だが、セナのほうはどうだ。
同じ数以上戦っているはずなのに、疲れた様子がない。
ライナスも付近で戦いを見守っている。
一対複数は信条としてやらないようだ。

セナの周囲に何人も仲間がいるのがわかる。

こそこそと動いているのが俺には見えた。

サポート役か何かだろう。

その数は、二、三人ではなく、一〇数人もいる。

「ルシアンとか言ったね。あの子の魔法を覚えてから、こんなにも僕は強くなった」

「だから詠唱なしで魔法を……。ルシアンから教わったんですか？」

いや、教えていない。

ただ討伐隊の前で理屈を話しただけで、この三年の先輩は独学で――。

「教わる必要はない。だいたい理解できたからね」

知らないところに俺の弟子はいたらしい。

適当に呪文をつぶやいているので、もしやと思ったが、思った通りだった。

「連戦で疲れた君なんて相手にならないな。――『ロックショット』」

セナが岩石のような大きな魔法を複数放つ。

イリーナはそれを正面から撃ち合った。

ぶつかりあった魔法がせめぎ合うのは一瞬だけ。

火炎の球は呆気なく飛散し、イリーナに『ロックショット』が直撃した。

「きゃぁあ!?」

イリーナがピンチだ。ライナスは――。

居場所を確認すると、ライナスは先ほどセナの周囲にいた取り巻きの数人と戦っていた。

こちらも限界が近い。

「さてさて。可愛い一年生はバッヂをいくつ集めたのかな」

ご機嫌に鼻歌を歌いながら、セナは倒れているイリーナへ近寄る。

俺は威嚇するようにリモに『アロー』を撃たせた。

「む!?　……誰かと思えば、クリスじゃないか！」

「……」

「僕の雄姿を見て好きになったんじゃないだろうな？　ハハハ！」

俺は問答無用で『アロー』の連射をはじめた。

「ぬわぁぁあ!?　何を怒っているんだい、クリス！　僕はただ、女子たちにバッヂを譲ってもらい協力させていただけだ！　浮気なんてしていないよ!?」

なるほど。そういうことか。

だから終盤になっても余力があったのか。

モニターにも死角はある。

何度もこの選考会を戦っているセナはそれを把握済みだったのだろう。

「『ウォール』！」

岩の壁がセナの前面を覆う。

『アロー』がガガガガ、と突き立つが、かなりの魔力を使った『ウォール』は崩すことができない。

「落ち着いて、クリス。まずは話し合おう」

戦いもせずバッヂを譲ってもらうのはルール違反。

『アロー』以外は使わないという約束だったが、違反者にはそれなりの罰があって然るべきだろう。

「僕が愛しているのは君だけだ！　結婚したいのも君だけなんだ、クリス！」

顔を壁から覗かせるセナ。

独学で俺の魔法を学んでいるのは喜ばしいことだが、まだまだ甘いところが多い。

「信じてくれ、クリス！　さっきからどうして何も言ってくれないんだい!?」

俺は中級魔法『ウィンドランス』を発動させた。

リモが両手をかざす。

ゴォッ！

強力な風の槍が壁に向かって放たれる。

直撃した瞬間、壁が四散し吹き飛んだ。

「へ？　――――うぶぼふぁ!?」

風の槍はその奥にいたセナをも貫き、後ろにあった木に突き刺さった。

選考会が終了し、へとへとになった参加者が戻ってくるタイミングで、クリスにはリモと入れ替

わってもらった。

「ば、ば、バッヂ六五個……！」

学院は全校で約二七〇人。

それを考えればかなりの獲得数になるはずだ。

手にしたバッヂを数えてクリスが驚いていた。

「ルシアン、これはたぶん過去最多数になるぞ」

「そうですか。リモに不具合が起きると困るので、戦闘はなるべく控えたのですが」

「あれで控えていたのか……」

呆れたようなクリスだった。

セナを倒したあと、バッヂを回収した俺は、暫定首位に躍り出た。

バッヂがゼロでもリモを倒しさえすれば一気にトップになれるため、他の生徒は血眼になってリモを捜し、攻撃してきた。

だが……。

「全員……返り討ちだったな」

「こちらも余力があったので」

「あれだけ魔法を放って、まだ余力があったというのか!?」

「初級魔法ですから」

「とは言うが……普通の生徒なら、二〇発撃てるかどうかだ」

そんなに少ないのか。

隙を与えないリモの攻撃なら、二〇発なんて一秒で撃ってしまう。

「このあと、本部に成績上位者を集めるようなので、あとはお願いします」

「わかった」

こうして、クリスはトップで選考会を終えた。

そして学校を辞める必要もなくなる。

セナと結婚しなくても済むはずだ。

「あ。ルシアンくーん！」

イリーナが俺を見かけて声をかけてきた。

近くにはライナスもいる。

二人ともヘトヘトなのに、表情はどこか晴れ晴れとしていた。

「本部から見ていました。二人ともお疲れ様でした」

「ほんっと疲れたよ……。でも、あんなに自分が戦えるなんて思ってもみなかった」

続いてやってきたライナスも会話に加わった。

「オレは三〇個。イリーナは三三個。バッヂを守り切った生徒に一年はいないみたいだぜ」

「守り切ったどころか、わたしたち、成績上位者だよ？　すごいよ！」

誇らしげなライナスと嬉しそうなイリーナだった。

「その数なら、トップ10入りは確実でしょう」

「でも一人、ヤバい先輩がいたよね……。あの人に見つからなくてよかったよ」

心底安心したように、イリーナが胸を撫でおろす。

「そんなヤバい先輩がいたんですか」

俺が尋ねるとライナスが同意した。

「いたいた。あれ、人間業じゃねえよ。あんなに魔法を撃ちまくるなんて……てかあれ魔法だったのか？」

「三年生のクリス先輩。反則レベルだったよね」

どんな先輩かと思えば、リモのことだった。

人間業ではないというのは半分正解だ。

リモは人間ではない。

だが、魔法を使っているのは俺なので、もう半分は不正解だ。

「お二人も、初級魔法ならあれくらいできるようになりますよ」

「「うそっ!?」」

目を見開く二人。

「ただ、もっと鍛練が必要ですけどね」

「ルシアン……おまえ何かやった？」

「さあ。なんのことでしょう」

イリーナとライナスは顔を見合わせる。

まあいっかと笑って、一緒に本部のほうへ戻った。

そこにはすでに、学長をはじめとした講師陣が揃っていた。

他には、成績上位者と講師が気になった生徒の合わせて三〇人ほどの生徒がいる。

学長のカーンが咳払いをすると、ざわつきが静まった。

「今回の選考会、ご苦労であったな。ここに集まった生徒たちは成績優秀だった者や、講師が推薦したい生徒である。この中から、競技会のメンバーを選ぼうと思う」

場が緊張感に包まれる。

選抜を確信している者もいれば、祈っている生徒もいた。

競技会は、学院卒業後の進路を左右する……らしい。

そんな彼らからすれば、人生の分岐点と言っても過言ではないのだろう。

「えー。まずは、バッヂの過去最多獲得をしたクリス・アーノルド」

「はい」

と、クリスが返事をした。

「過去最多のバッヂに相応しい戦いであった。文句なしだろう」

「すみません、学長。よろしいでしょうか」

次に進もうとする話をクリスが遮った。

「うむ？　どうかしたか？」

「今回、私は代表を辞退させてください」

静まり返っていた本部がざわついた。

「理由を聞こう」

クリスがちら、と俺を見る。

……何か余計なことを言うつもりじゃ――。

「選考会を戦ったのは、私ではないのです」

「何をバカなことを言う」

「本当なのです。私とよく似たゴーレムを……ルシアンが作ってくれたのです」

これでは、クリスの手柄にならない。

俺は内心頭を抱えた。

ただ辞退すればいいだけなのに。

「ずっと、心苦しかった。人生を懸ける生徒もいるのに、私だけこんなふうに自分の力でもない成果を評価されるのは、卑怯だろう、と」

それが本音か。正直に話す姿勢は立派だが……。

視線が俺へと集まっていた。

「ゴーレムを、作った？」

「ゴーレムってゴツゴツしてて地下迷宮で宝を守っているとかいう、あの？」

「あれはどう考えても人間だったぞ」

リモが人に見えているのなら、それはよかった。

制作者冥利に尽きる。

……いや、喜んでいる場合ではない。

「ハッハッハ！　やはり、あれはクリスではなかったのだな！」

なんだかんだであれからバッヂを集めたセナが笑っていた。

「返事もしないし、僕への態度も冷たい。どうりでおかしいと思った」

「態度が冷たいのはいつもだ」

セナの言葉をクリスが切った。

学長が難しそうな顔をしたまま目をつむっている。

「……ルシアン。君がやったのか？　だとすれば、『クリス・アーノルド』の能力が劇的に飛躍したのも、なるほど、合点がいく」

「それは……」

俺が否定しようとするとクリスが口を開いた。

「そうです。学長。ルシアンは、あの私によく似たゴーレムを作り、しかもそのゴーレムから自分の魔法が放てるように微調整をたった数日でやってみせたのです！」

本部にいた講師も生徒もまたざわついた。

「やっぱりルシアンくんの仕業だったんだ」

「そうじゃねえと納得いかねえよ。あんな化け物、何人もいてたまるかよ……」

イリーナとライナスが俺を見て言った。

ゲルズが頭痛を堪えるようにこめかみに手をやって話を止めた。

「ま、ま、待ってくれ。では、ルシアンは、代わりとなるゴーレムを、クリスに似たゴーレムをたった の数日で作り上げ……いや、この時点で驚愕するべきなんだが……、さらに、そのゴーレムを通じて自分の魔法を使えるようにした、と……？」

「はい。そうです」

クリスが全部はっきりと答えてしまった。

「じゃあ、動いていたのは!?　ルシアンは、ずっと本部にいたが」

「ルシアンが、対象の周囲がわかる魔法を駆使しながら、魔法で動かしていました」

「なんだ、それは……」

驚きを通り越してしまったのか、ゲルズが無表情でぽつりとつぶやく。

ゲルズが振り返ると、学長は長いため息をついた。

「では、すべてはルシアンがしたことなのか」

俺がだんまりなので、言葉を求めるようにみんなが目線を寄越す。

「クリスさんが、魔法を暴発させ、選考会に出られないと知ったんです。選考会で悪い成績だと学校を辞める約束を父親としていたそうで。……彼女が困っていたようだったので、辞めないで済むように知恵を絞りました」

俺の目的としては、独自魔法の布教と理解を多くの人にしてもらうことだった。

それも今となっては実現しつつある。

セナが今までの魔法より、俺の魔法のほうが強く使い勝手がいいとして、頼んでも教えてもいないのに、独自に使いはじめたからだ。

「学長、いかがいたします？　ルシアンは年齢制限があります」

ゲルズが確認する。

「クリス・アーノルド、君は失格とする。問題児のルシアンは…………」

ううん、と考える間をたっぷり取ると、学長は言った。

「一一人目として、選抜メンバーに同行してもらおう。サポートメンバーだ。これは、メンバーに何かあったときのために、代わりに出場できるものだ。このような能力を示されれば、年齢制限を設けたが、さすがに無視することはできぬ」

サポートメンバー？　そんなものがあったのか。

「ルシアンくん、よかったね」

「よかったな、ルシアン」

イリーナとライナスが喜んでくれる。

想定したものとは違ったが、結果オーライということにしよう。

それから、順次メンバーが学長によって発表されていく。

メンバーはバッヂをきちんと集めた者が中心で――。

「続いて、一年三組のイリーナ・ロンド」

「や、やったぁぁぁぁぁあ！」

「同じくライナス・ガット」

「うぉぉぉぉお、マジかぁぁぁぁあ！」

イリーナとライナスはガッツポーズをした。

「やりましたね」

「ルシアンくんのおかげだよぅ。ありがとーっ！」

イリーナにぎゅっと抱きしめられると、ライナスには頭をがしがしと撫でられた。

「競技会の選抜メンバーだぜオレたち」

「おほん。一年生の君たちを選んだのは、その成長率だ。まだ入学して間もないのに、今この場にいる。他の二年生や三年生を押しのけてね」

学長が説明するとゲルズが補足した。

「競技会まで、まだ少し時間がある。我々学院は、君たちのその伸び率に賭けた。まだ成長できるだろう、と」

期待されているのが嬉しいのか、イリーナとライナスは喜色満面だった。

「——以上。先ほど発表したメンバーで今年の競技会を戦ってもらう」

学長がそう締めくくると、セナが慌てたように手を挙げた。

「が、学長！　ぼ、僕は、僕はまだ呼ばれていませんが……」

学長に目配せをしたゲルズが、説明役を買って出た。

「セナ。君の能力は特筆すべきものはあるが……バッヂの不正な受け渡しをしたという証言がある」

「……は？　そ、そんなこと、僕は、何も……」

旗色が悪くなったのか、モゴモゴと言いながらセナは目をそらした。

「能力を信じ、まともにやっていれば、講師の目に自然と留まり成績が芳しくなくとも推薦されていただろう」

なんとしてでもクリスをモノにしようとした代償だ。

不確定な俺の独自魔法では勝てるかわからないから、選考会での成績をより確実にしようとしたのが仇となったな。

おそらく、俺の魔法に手を出したのも、普通にいつも通りやっていて勝てるか怪しいと判断したからだろう。

「バッヂを買収したとも聞いている。これは、明確な違反であり、売った生徒、買った生徒には厳罰を下す必要があると本部では考えている」

「そ、そんな……」

呆然としたセナは、足下から崩れていった。

ゲルズが言うには、成績表にもこの件は記されるらしいので、かなりの汚点となるようだ。

プライドや体裁を気にする貴族にこれは、かなりの処罰と言えるだろう。

クリスとの結婚どころの騒ぎではない。

がっくりと肩を落とすセナに俺は声をかけた。

「あなたが戦いバッヂを得た場面は、モニターに映ることがほとんどありませんでした。リモ……クリスと戦ったとき以外はね。本部が不自然に思うのは当然でしょう」

セナは鋭く俺を睨んだ。

「おまえがクリスに余計なことをしなければ！」

「ゲルズ先生が言っていたではないですか。『能力を信じ、まともにやっていれば、講師の目に自然と留まり成績が芳しくなくとも推薦されていただろう』と。自分を信じられなかったあなたの負けです」

俺の独自魔法を信用していれば、買収なんて真似もせずに済んだだろうに。

「僕の魔法に興味があるなら、きちんと教えます。そのときは、一年の教室まで来てください」

「くそッ……」

床を拳で殴りつけると、セナは聞き取れない何かを喚いて本部から出ていってしまった。

「競技会は再来週だ。それまで選抜メンバーは、通常講義を受けず、メンバーだけで競技会対策の訓練に励んでもらう」

そうゲルズが説明して、この場は解散となった。

◈

この日は、選考会だけで学院の講義はなかった。

「祝勝会やりましょう！」

イリーナがそう言うので、断る理由もなかった俺とライナスは、なぜか俺の下宿先である宿屋までやってきていた。

「ここのおじさんとおばさん、絶対喜んでくれるから!」

俺がサポートメンバーに選ばれたことについて、イリーナはそう断言する。

そうだろうか。

俺はあの二人にとって、宿の手伝いをする居候でしかないと思うが。

「ソラルちゃんとクリス先輩もすぐ来るって」

幸い、昼すぎの宿屋の食堂は閑散としており、席も時間も十分にあった。

やがて、イリーナの言う通り、ソラルとクリスが合流し、テーブルをイリーナ、ライナス、ソラル、クリス、そして俺の五人で囲んだ。

「ルシアン。今日は選考会だったんだってな。どうだった?」

ここの主人であるトムソンが俺を見かけるなり尋ねると、声が聞こえたのか、食堂の奥で仕込みをしていた夫人も顔を出した。

「ええと、まあ、そこそこいい結果に終わりました」

と、俺が濁すと、テーブルの下で足を蹴られた。

犯人はソラルだった。

「なーにがそこそこいい結果よ。スカしちゃって」

「スカしてません」

「あのね、おじさん、聞いてください。ルシアンくんすごいんです！」

俺の代わりにイリーナが説明をすると、トムソン夫妻は大いに喜んでくれた。

「おぉぉぉ！　すげーじゃねえか、ルシアン！」

「すごい子だと思っていたけど、学院でもやっぱりすごいのねぇ」

「えと。サポートメンバーなので、競技会に出るというわけではなくて……」

俺は喜ぶ二人に恐縮しながら話した。

「なんだろうが、認められたってことだろ」

……ああ、そうか。俺はそのために今こうしているんだったな。

「おっちゃん。ルシアンに魔法を教わったおかげなんだ。オレもこのイリーナも」

へへへ、とライナスが照れくさそうに言う。

わいわいと話が盛り上がりはじめると、トムソンが「祝いの席だ。好きに飲み食いしな！」と景気の良いことを言い、ますますテーブルは盛り上がった。

肩を叩かれると、クリスが小さく頭を下げた。

「ルシアン。改めてお礼を言わせてほしい」

「ですが、クリスさんは失格になってしまったので、学校を辞めないと……」

唯一懸念だったことを口にすると、クリスは首を振った。

「セナがああなってすぐ、家の者に訊いたんだ。そしたら、密かにセナのセレナダル家とうちのアーノルド家で結婚の約束を勝手にしていたらしい」

そう言って、クリスは潰えたセナの陰謀を教えてくれた。

どうやら、クリスと結ばれたいがために、セナはクリスのアーノルド家と結婚の約束をしていたそうだ。

選考会でクリスの成績が悪かった場合、学校を辞めさせセレナダル家に嫁がせるように、と。

目立った成績でもなく、能力的にも平凡だったクリスのことを案じていた父親は、その約束を呑んだそうだ。

だが、セナの不正が露見し、父親はあっさり手の平を返したらしい。

「『君のような男に娘はやれない』と、言ったらしい」

劇のようなお決まりのセリフに、クリスは苦笑した。

「父親に今日のことが伝わるのが早いんですね」

「ああ。あれ……実は」

クリスは声を潜めた。

「密かに、各家庭で見えるようにしてあるんだ。詳細は知らないが、大半の貴族があの選考会を観戦している」

なるほど。そういうことだったのか。

魔法による連絡装置が学院にひとつあるから、結果の速報がそれによって伝えられたようだ。

「というわけで、これから私もルシアン塾の生徒になろうと思う」

「歓迎します」

「お手柔らかに頼む。何せこちらは大して優秀ではないから」

「今まで学院で教わったことは無関係ですから、安心してください」

俺とクリスは握手をした。

「ちびっ子、何してんの、バカライナスが全部食べちゃうからなくなるわよ！」

はぐはぐ、もぐもぐ、と出された料理をライナスが頬張っている。

皿ごと食べようとする勢いだった。

「ルシアンくん、ジュース、これ美味しいよ」

「あ。ありがとうございます」

料理がどんどん運ばれ、グラスが空けばすぐにジュースが注がれる。

わいわいがやがやと祝勝会は続いた。

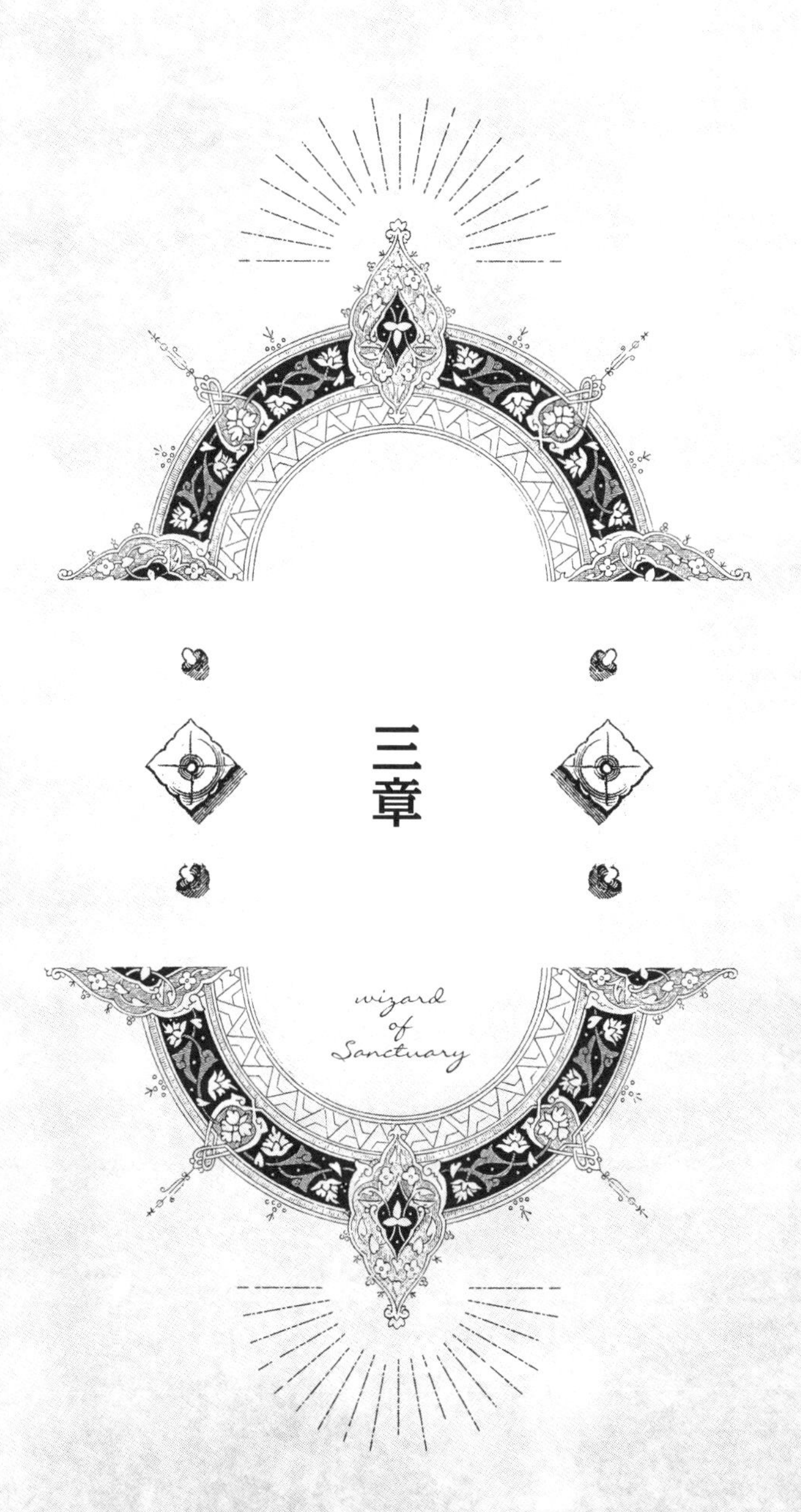

三章

選考会翌日。

俺は登校すると、ゲルズに学長室まで連れていかれた。

「おはよう、ルシアン」

「おはようございます。学長」

本当は、言ってやりたいことはたくさんある。

どうせ俺を排除しようとして、年齢制限を設けたのだろうとか。

あれだけの力を示したにもかかわらず、サポートメンバーにしかなれない理由とか。

言いはじめたらキリがない。

大人しくここは用件を訊くことにしよう。

「朝からどうしたのですか？」

「競技会のことを、君はどこまで知っているのかね？」

「競技会のこと、ですか。選抜メンバーが他校のメンバーと戦い、いい成績を残せばいい進学先、就職先が見つかる、ということくらいでしょうか」

なんだ。他に何かあるのか？

「競技会に参加する魔法学院は、我がエーゲル学院を含め五校ある。残念ながら、我が校はここ最近総合評価で他校より大きく後れを取っているのだ」

学長が言うと、ゲルズがあとを継いだ。

「君がさっき言ったように、競技会は、学院生にとっては進路どころか人生を左右する分岐点となる可能性が高い。人によっては手段を選ばずなりふり構わず攻撃してくるだろう。幼いルシアンに何かあると我が校の名誉に傷がつく――」

「だから年齢制限をわざわざ用意した、と……？」

二人は無言でうなずく。

詭弁だな。

ゲルズより強い俺が、それ以下の生徒の攻撃で傷つくはずがない。

「ああ。そうだ。だが、選考会の一件で我々は考えを改めることにした」

どうやら、二人は何かを隠しながらも思惑を教えてくれるようだ。

学長が言う。

「他校より評価が低い我が校も、今年こそはその汚名を返上したいと考えていてね。君の力に頼りたいところではあるが、君に怪我をさせたくはない……。なので、サポートメンバーとして同行をお願いしようとなったのだ」

……サポートメンバーだと言い渡されたときも感じたが、話が急だな。

もちろん任された役割は果たすが。

弱小校で競技会で結果がどうしてもほしい――それはわかったが、それ以上に何か隠しているように感じるのは俺だけか……？

「朝早くから呼び出して、説明はそれだけでしょうか？」

長話に飽きたのか、ロンがもぞもぞと鞄の中で動く。

心配になって鞄を見ると、案の定顔を出していた。

俺は慌ててロンをまた鞄の中に押し込む。

「ロンっ、ロロ〜ン⁉」

ロンの悲鳴を聞かれないように、俺はわざとらしい咳とくしゃみで声をかき消した。

「ゲルズ先生や他の先生とも話し合った。君には、競技の方針や戦略について意見を求めることもあるだろう。そのときは、力と知恵を貸してほしい。監督にはソラルが就くことになっている」

王都で宮廷魔法士をしていたソラルだ。

肩書きは十分だし、観戦にくる民衆や関係者にも覚えがいいだろう。

「わかりました。何かあったら、ソラル……先生に意見具申をしたいと思います」

「ああ。頼むよ」

「ルシアン、我が学院は……」

「ゲルズ先生。それはよい」

「ですが」

「変なプレッシャーを与えることになる。だから、伏せておくという話だったろう？」

「はい。そうなのですが、ルシアンならわかってくれると……」

なんだ、何か揉めている……？

おほん、と学長が咳払いをして脱線しそうな話を戻した。

「ともかく。君の活躍に期待をしている」

「ありがとうございます。頑張ります」

こうして、俺は退出を促された。

ゲルズは何を言おうとしていた……？

二人の態度に疑問を持ちながら、みんなが訓練をしている演習場へと急いだ。

「遅ーい！　何してたのよ」

演習場にみんなより遅くやってくると、先ほど聞いたように、選抜メンバーを監督するソラルが俺の遅刻を咎めた。

選抜メンバーは普通の生徒とは別の講義……競技会用の演習を行ってしばらく過ごす。

「すみません。学長に呼び出されていて」

「……ふうん。さあ。さっさとはじめましょう」

内容を問い質したり、それ自体を疑う様子がない。

ソラルも何か知っているのだろうか。

「魔法能力を伸ばすことよりも、競技会対策を中心にやっていくわよ！」

ソラルがメンバーに声をかけると、ばらばらに声が返ってきた。

小さくソラルはため息をつく。

「まあいいわ。まずは団体戦用の対策からやるわよ」

団体戦は、一〇対一〇の模擬戦だったな。

敵を倒すことだけではなく、支援や情報収集なども重要視される。

個人戦は、一〇人の中から三人を選び、一五人のトーナメントで優勝を争う。

「演習を見ていて何か感じることはある?」

さっそくソラルが俺に意見を求めた。

学長とゲルズの話だと、俺はブレーン役としても期待されているらしい。

「さっきから思っていたのですが……」

王都への移動を含めると、こうして対策ができるのは一週間ほど。

俺はその間にできそうなことをソラルに提案していった。

「ねえ。あんたが作ったあのクリスゴーレム、使えないかしら?」

「あぁ……いいですよ」

「あれをあんたが動かしながら、戦ってもらいましょう。それが一番いい訓練になりそう」

俺が動かし、俺の魔法を放つのだから、魔法戦という意味では最高のトレーニングになるだろう。

俺は『遠視』を使い、リモをここまで移動させる。

クリスではないと知っていても、顔が似ているので、男子がそれとなく意識していた。

「な、なあなあ、ルシアン。このクリス……リモは、中身はどうなってるんだ?」

「も、もしな、魔法があたって服が破けたりしたら」

「別に、別にな、見てえわけじゃないんだが……もし、何か見えちまったら……」

完全に期待しているな。

魔法が何かの弾みでリモの制服を切り裂くことがあれば、と。

「服の下は、一般的な女子生徒を再現しています」

「「「…………っ」」」

ごくり、と生唾を呑む間があった。

訊いてこなかった男子も、気になっていたらしく、黙って耳を傾けている。

イリーナやソラル、他の女子たちは、半目でどこか軽蔑するように男子たちを見ている。

「そうですね……もし服が破れたら――」

「「「や、破れたら……ッ!?」」」

「そのときのお楽しみということで」

「「「うぉぉぉぉぉお！　やるぞぉぉぉぉぉぉお！」」」

なかなか単純でよろしい。

男子はこうでなければ。

「顔は変えられますが、他に希望はありますか？」

これが失敗だった。

オレがオレがオレが、と口々に好みの顔をいいはじめ、収拾がつかなくなった。

思春期の性欲は恐ろしいな。

みんなが知っている美少女ということで、ソラルにしようと俺がまとめた。

「なんでよっ!? び、美少女と言えば私っていうのは、わかるのだけれど――」

本人は不服そうだったり、美少女と認められたのが嬉しそうだったり、よくわからない感情を持てあましていた。

「「「……」」」

男子のテンションは、ちょっと下がった。

「な、なんでよっ！　あんたたちだけは喜びなさいよっ！」

「ソラルちゃんの顔がイイのはわかるけどさ」

「うん。性格コレだからな……」

「それを知らなかったら、よかったんだが……」

「「「はぁ」」」

「ため息つくなぁぁぁぁ――――！」

ソラルが喚いている脇で、三人だけの女子メンバーがこっそり俺に言った。

「イケメンにはできない……？」

「できますよ」

小声で返すと、手を叩いて喜んだ。

イリーナもやはりイケメンがいいのか。

じいっと見ていると、視線に気づいたイリーナは二人に聞こえないように俺に言った。

「わ、わたしは別にいいんだけど、先輩たちが、ね……」

なるほど。後輩も色々と大変らしい。

どちらも数日試してみたが、男子も女子も意識しまくりで全然ダメだった。

間を取って中性的な顔立ちの人物にリモを変えてみると、訓練は飛躍的に向上した。

◇

王都へ向かう当日。

朝早くから学院に集合した選抜メンバーと俺、あとは引率のゲルズ、ソラルが揃い、学院を出発した。

宿屋夫妻が見送りに来てくれていただけでなく、他の生徒の知り合いや友達がたくさん見送ってくれた。

近くで暮らしているイリーナは、両親、使用人、飼い犬まで総出での見送りとなった。

馬車が街道を進む中、イリーナは両手でまだ顔を押さえていた。

「は、恥ずかしい……みんなは、友達とかなのに、わたしは……」

「貴族にしては、アットホームな家族ね、あんたのところは」

ソラルが笑いながら言う。

ソラルの言いたいことはわかる。

イリーナの家族なのだな、というのがよくわかる温かい両親だった。

王都までは、馬車で約三日ほどかかる。

途中の町に寄り、水と食料を買ったり宿を取ったりしながらの道のりだった。

俺が知っている町といえば、実家のあるネルタリム村と学院のあるダンペレの町しか知らなかったので、立ち寄った町は新鮮といえば新鮮だった。

だが、どれも目新しいものは特になく、印象に残るものもなかった。

かつて生きていた世界に比べて五〇〇年ほど経っているのに、まるで文明が進歩していない。

あの頃とほとんど変わっていない。

これも魔法の発展が遅れている弊害なのだろう。

「ロン！　ロン！　ロンロン！」

王都の外郭が見え、その奥には城がうっすらと見えはじめたころ、鞄に潜んでいたロンが飛び出し、外に向かって吠えはじめた。

同じ車内にいるイリーナとソラル、ライナスは長旅の疲れで眠っており、ロンの声に起きることはなかった。

「ロン、どうした？」

「ロローン！」

王都のほうに向かって吠えているロン。

おかしいな。普段こんなに長く吠えることはないのに。

長旅でロンも疲れているのかもしれない。

それか、見たことのない景色で興奮しているのだろう。

「あとちょっとだから」

俺はそう言って機嫌が悪そうなロンに鞄に戻ってもらった。

予定した王都の宿に到着すると、しばらくは自由時間となった。

開会式は明日。

毎年行われるため、いつからか専用の競技会場——ゲルズはアリーナと呼んでいたが——が作られ、そのアリーナで生徒は魔法能力を競う。

何部屋かあるはずだが、なぜか俺はイリーナとソラルと同室だった。

ゆっくり休もうと思っていると、窓を開けたイリーナがこちらを振り返る。

「ルシアンくん、王都だよ、王都。来たことある?」

「何はしゃいでるのよ。子供ね」

ソラルがさっそくイリーナにマウントを取る。

宮廷魔法士サマは、こんな城下町ではなく宮殿内で生活をする、と以前自慢していたな。

「いいじゃない。わたし久しぶりなんだから」

「僕は、はじめてではないですよ。以前住んでいたこともありましたから」

「「え、そうなの?」」

二人の声が重なる。

……あ。それは前世のほうだ。

「間違えました。はじめてです」

「どんな間違え方よ」

と、ソラルに半目でツッコまれた。

「珍しいものがいーっぱいあるんだよ、ルシアンくん。見て回りたくない?」

城内に入ったとき、車窓からそれとなく眺めたが、ここもあの頃からさほど変わっていない。

「明日から競技会がはじまりますし、訓練をしたほうが……」

「そんな固いこと言わないでさ。ね。ちょっとだけ」

俺が行きたいというより、イリーナのほうがその気持ちは強いようだ。

「じゃあ、ちょっとだけ」

大会は全部で五日。

初日、二日目は模擬戦。

各校総当たりで戦うため、二試合ずつ行われる。

三日目から最終日は個人戦。

負けた学校から帰っていいようなので、閉会式は一校しかいない場合もあるそうだ。

「ちびっ子には、ちょっと相談したいことがあるの。イリーナに付き合うのはあとにしてもらえるかしら?」

「えー? 何それ。ルシアンくん、どっちがいい?」

どっちが、と言われると、困る。

おそらく、ソラルが相談したいことというのは、個人戦に誰を三人出すかという話だろう。

「ソラルさんの……」

「……」

イリーナが悲しそうな目をする。

「じゃなくて、イリーナさんと一緒に町を見たいです」

「やった」

「ちょっと、あんた卑怯よそれ!」

食ってかかるソラルを俺は宥めた。

「まあ、夕食のあとでも相談はできますから」

「そうそう。夜じゃお店しまっちゃうもんねー?」

ねー? と同意を求めてくるイリーナ。

「はあ……これだから田舎モンは。まあいいわ」

諦めたようで、ごろんとベッドで横になった。

さっそく俺とイリーナは宿屋をあとにする。

ちょうど他の男子数人も出かけたのが見えた。

訓練をしたり、部屋にとどまったりするほうが少数派だったらしい。

行こ行こー、と上機嫌なイリーナに手を繋がれながら、俺は町を歩く。

登校するときも、こうしてイリーナが毎回俺とどうして手を繋ぐのかが疑問だった。

だが、見送りにきた家族に兄弟がいなかったので、もしかすると弟が欲しかったのかもしれない。

「うわぁ、綺麗」

露店の珍しい宝石に目を留めたり、怪しげな占い師の話を親切に耳を傾けたりするイリーナ。

これでは、時間がいくらあっても足りない。

どっちが子供なのやら。

対して俺は、思った通り目新しいものはなく、まあこんなものだろう、という感想を抱いた。

魔法の発展が停滞すると文化まで停滞するのがよくわかる。

この世界の神であれば、軌道修正させたくもなるだろう。

「イリーナさん、宿で夕食があります。そろそろ戻らないと……」

声をかけようとすると、イリーナは困っている俺くらいの子供に話しかけていた。

どうやら、財布を失くしたらしい。

「お姉ちゃんが探してあげるから」

ぐすぐす、と泣いている子供にそう言ってイリーナは財布を探しはじめた。

根から優しいイリーナを見ていて、将来誰かと結ばれるのであれば、こういった子のほうがいいな。

一〇数年後の未来に思いを馳せているうちにも、どんどん空は暗くなっていく。

そのときだった。

どん、というぶつかる音と、イリーナの短い悲鳴が聞こえた。

「おうおう、こりゃ、エーゲルのクソ弱学院生じゃねえか」

犬歯を剥き出しにして笑う少年は、俺たちとは少し違う制服を着ている。

赤髪の吊り目で特徴的な面立ちだった。

「……ごめんなさい……わたしお財布を探していて」

目をそらしたまま説明をするイリーナは、また地面に目をやる。

その赤髪の後ろにいた数人がクスクスと笑いはじめた。

「エーゲルのやつは王都まで来て小銭集めしてんのか？」

「いいんじゃね？　どうせ三日目には帰ることになるんだろうし」

「いい成績残せないからって、落ちてる小銭を土産にする気なんだろ？」

どっと笑いが起きた。

「イリーナさんは、この子が落とした財布を探しているんです」

イリーナがだんまりなので、俺はたまらず口を開いた。

「ぶつかったのなら、まず謝るべきでしょう」

俺がしゃべっている間、ずっと彼らはぽかんとしていた。

だが、徐々に笑いが起きていった。

「こんなガキが、制服着てるぜ……クク」

「おいおいおい。クソ弱ぇからついにガキまで学院に入れはじめたのか？」

カチンときた。

「謝ることもできない制服を着ているだけの無能よりは、いくぶんかガキのほうがマシだと思いますが」

大人げなくつい言い返してしまった。

子供相手に何をしているのだろう、と少し自己嫌悪してしまう。

「おい、ガキ、今なんっつった――!?」

がなる男に割って入るように、イリーナが小さな革袋を手にどこからか戻ってきた。

「もしかしてお財布ってこれ――？」

「うん！　ありがとう、おねえちゃん」

「いいえ。どういたしまして」

イリーナは、にっこりと笑顔になった子供の頭を撫でる。

手を振ってその子は去っていった。

状況的に、揉めそうな雰囲気を察したのか、イリーナは首を振った。

「ルシアンくん、わたしのことはいいから。もう全然大丈夫だから」

からりと笑顔を作ってみせると、一度少年たちに会釈をしてこの場を離れようとする。

「制服からして、たぶんロックス学院の人たちだよ」

「ロックス学院？」

彼らを振り返ると、殺気だった目つきでまだ俺のことを睨んでいた。

「王都にある学院の」

「ああ。だからここを我が物顔で歩いているんですか」

しー、しー、とイリーナは慌てて人差し指を立てる。

赤髪の少年が、おいと大声をあげた。

「エーゲルの学院生がここにいるってこたぁ、あんたら選抜メンバーだろ？」

「……はい。そうです」

「……さっきの発言、覚えておけよ、ガキ」

といっても、俺はサポートメンバーで、正確には出場しないのだが。

「あなたたちも、イリーナさんに謝らなかったことを後悔させてあげます」

「ちょっとルシアンくん！」

べしべし、とイリーナに叩かれた。

「フン。明日はよろしくな」

ヘッ、と口の唇を曲げる赤髪の少年は、取り巻きを連れて去っていった。

強張っていたイリーナの表情がようやくゆるんだ。

「何ケンカ買ってるのよ」

「いえ。ですがイリーナさんにぶつかっておいて。おまけに挑発とも取れる発言がありました」

「だからと言って……その、オックス学院に比べたらエーゲルは、ちょっとアレだから……」

言っていて悲しくなったのか、イリーナは目をそらし、力なく笑う。

「アレというと？」

「学院の中では一番とされるのがオックス学院なの。要は、その、超強いの」

「イリーナさん。臆することはありません。リモを使っての特訓で、みなさん強くなりました。あんなハナタレには負けませんよ」

「向こうから見ればルシアンくんのほうがそうなんだけどね」

困ったようにイリーナは笑う。

「あとそれと――」

つん、と額を小突かれた。

「戦うの、わたしたちじゃんっ。ルシアンくんの無責任」

「無責任ではないですよ。十分強くなったと、僕は思っていますから。バカにした相手も舌打ちするほど手を焼くことでしょう」

だったらいいけど、とイリーナは息をひとつ吐いた。

「夕飯の時間が迫っています。宿に帰りましょう」

「そうだね」

俺はまた自然にイリーナと手を繋いだ。

「財布を探すイリーナさんを見て思いました」

「んー？」

「結婚をするならこういう方としよう、と」

「え――っ。えぇぇぇぇ!?」

そんなに驚くことだろうか。

イリーナを見上げると、両手で赤くなった頬を押さえていた。

「だ、ダメだよ、ルシアンくん。歳の差だって一〇も違うし……う、嬉しいよ？　嬉しいけど、そういう言葉は、もっと別の子に言ってあげたほうがいいんじゃないかな～？　ってお姉さんは思いマス」

「あの、イリーナさん。『こういう方』であってイリーナさん個人のことを言っているわけではないですよ」

「あ、そ……」

イリーナの火照った顔が瞬時に冷めていた。

イリーナは弟子にあたる。

師匠と結ばれるのは、どうだろう。

なんとなく禁断の関係な気がする。

歳だってかなり離れているし。

「イリーナさんは、魅力的な方です。相手に困ることはないでしょう」

「そんなことないよ？　実際」

「そうでしょうか」

「じゃあ…………。る、ルシアンくんが一五歳になって、まだわたしが独り身だったら、一緒に、なる?」

……逆プロポーズだ。

「あ。わたし、何言ってるんだろ……」

また赤くなった顔を隠すように手で覆うイリーナ。

「構いませんよ」

「えぇぇぇ……。オッケーされちゃったよ……。でもルシアンくん、そのときわたしは二六歳の独身魔法使いで——、ええっと、えっと、貴族なのに二六で独身はワケありだったり、行き遅れだったり、バツありだったりするから、ルシアンくんはわたしにはもったいない気が——」

どっちなんだろう。

自分で推薦をしておいて。

「賭けてもいいですが、それまでにイリーナさんはいい方を見つけると思います。だから、気軽に了承をしてしまいました」

「……じゃあ、もしものときは、よろしくね?」

恥ずかしそうに、イリーナが小指を立てる。

こういう文化も変わっていないようだ。

俺はイリーナの小指に小指を絡めて約束をした。

「しちゃったね」

「はい」

世間知らずなところはあるが、とてもいい子であることは俺もよく知るところ。

一〇年もパートナーが見つからないというのは、正直考えられない。

「ルシアンくんは、わたしを過大評価してるよ？　マジで、ほんっっっとーに、モテないから、わたし」

はいはい、と俺は自己評価の低いイリーナの言葉を聞き流した。

「もしかして、ルシアンくんって、わたしが初恋だったりするの？」

どうだろう。

初恋——。

親愛の情をそうだと言うのであれば、イリーナが初恋なのだろう。

「はい。たぶん」

「やだ……もう、ええええ……そうなんだぁ……」

嬉し恥ずかしといった様子のイリーナは、終始頬を緩めっぱなしだった。

宿に戻り、メンバー全員と講師二人と夕食を食べる。

小さな宿だったので、ほぼ貸し切り状態。

食堂で簡単なミーティングを行った。

「明日は開会式と模擬戦が二試合あるわ。対戦する両校とも例年なら格上なのだけれど、今年は私の見立てではいい勝負をすると思うわ」

開会式の流れから、模擬戦の戦術についてなど、話は多岐にわたった。

あれから、俺の独自魔法を習得した人は誰もおらず、イリーナとライナスが戦略の柱になりそうだ。

「もうこの場で決めたいのだけれど、個人戦のエントリーが明日開会式前なのね。どうする？」

自分の能力をアピールする場でもあるため、全員が挙手をしていた。

「まあ、そうなるわよね」

予想された結果だったらしい。

「僕個人としては、イリーナさんとライナスさんを推したいです。初日、二日目の模擬があった翌日が個人戦初日。イリーナさんは、自分の魔法の扱いが完璧で、魔力の無駄がないので消耗は他の方よりも少ないでしょう。状態もいいはずです」

俺が言うと、ふむふむ、とソラルはうなずく。

「それは、私も賛成だ」

と、ゲルズが俺の案を押してくれた。

「イリーナは成長著しい。ここでの経験は来年再来年にもきっと役に立つ」

学院側としては、将来性も買っていたのだろう。

競技会までの期間で、イリーナ、ライナスは強くなった。

選考会からさらに進歩している。

「ライナスさんは、肉体強化タイプの魔法を使いますから、典型的な魔法使いには好相性かと。いわゆる実戦型」

能力評価というより、目の前の敵をいかに倒すかという点では、メンバー随一だと思っている。

「まあね……アレは嫌だもの。ほんと」

訓練を思い出したのか、ソラルは苦そうな表情を作った。

ゲルズ、ソラルの意見も総合していき、個人戦は、イリーナ、ライナス、あとは三年のサディルという男子に決まった。

競技会初日。

サポートメンバーの俺は、アリーナの観客席からゲルズと開会式を眺めていた。

周囲には一般市民が大勢いて、会場の周辺には出店も多く出ており、さながら祭りのようだ。

「毎年こうなんですか？」

「ああ。観戦に来るのは市民だけじゃなくて、王侯貴族もやってくる。少年少女の一生懸命な姿というのは、どうやら見ていて清々しいものがあるらしい」

ルールにのっとり競技を行うのであれば、まあ、たしかに清々しくはある。

当の本人たちは、人生を懸けて望んでいる者も多いようだ。

だからこそ見世物になるのだろう。

各学院が拍手とともに入場してくる。

歓声が巻き起こり、慣れている生徒は手を振ったりして反応している。

引率のソラルと選抜メンバーたちは、緊張気味の表情で整列していた。

この国……ガスティアナ王国の国王である中年の男が、司会の案内によって、挨拶をはじめた。堅苦しく、正直何が言いたいのかよくわからなかったが、幸い二、三分でそれは終わり、開会が宣言された。

国王が席に戻る。

ゲルズが教えてくれたが、その脇に控えるのは魔法省の長官で学院などを管理するトップの官僚だという。

「魔法省が、学院の管理運営を行っている。宮廷魔法士だった私もカーン学長も、所属は魔法省ということになる」

ふうん、とゲルズの話に相槌を打った。

そんなことよりも、ロンの機嫌がずっと悪い。

王都に来る前に吠えていたが、あれっきりではなく、宿屋でも鞄の中で暴れたり、唸ったりしていた。

鞄の中に長時間閉じ込められていたことがストレスになったのかもしれない。

今日はゲルズに許可を得てここまで連れて来ているが、やはり機嫌は悪いままで、あちこちを見やっては歯を剥き出しにして何かに怒っている。

「その不思議な動物は、もしかすると腹が減っているんじゃないのか」

「いえ。朝食は十分食べさせましたし……空腹ではないかと……」

原因がなんなのかさっぱりわからない。

魔法を構成する要素のひとつである魔素が、ここは余所より濃い気がする。

それが原因だろうか。

魔素は体内にある魔力と違い、魔法発動の際にごく微量に消費される空気中の成分だ。

半分妖精のロンからすると、濃密なそれが不快なのかもしれない。

開会式が終わり、選手たちは控室へ戻っていく。

競技時間外であれば、どこで何をしていてもいいようだ。

「たまに場外に出る生徒もいるが、ごくわずかだ。たいていは控室でリラックスしていたり、この観客席でライバルの動向を観察していたりする者が多い」

だからゲルズと俺は、他校の情報収集と分析を担当するため、この観客席にいた。

エーゲル学院は、今日の第二、第五試合。

初戦までしばらく時間はあるが、いずれの学院とも戦うことになるのでチェックしておく必要がありそうだ。

第一試合の準備が整うと、さっきまで何もなかったフィールドに木々が生え、川が流れ、あっという間に小さな森が出来上がった。

「へえ。こんなことができるんですね」

「ああ。今回は森林フィールドみたいだな。ランダムで市街地だったり森だったり色々と変わるから、現場には地形に応じた戦術が求められるんだ」

他校同士が入場し、歓声が上がる。

観客から見やすいような大モニターには、出場校と選手名が表示された。

ん？　入場選手の中にあの赤髪がいる。

注目選手なのか「フィリップ！」と声が上がると手を挙げて応じている。

「あの赤い髪のフィリップさんって人は有名なんですか？」

「ああ。オックスの赤髪フィリップといえば、去年の個人戦覇者。今年も優勝候補筆頭だ」

……あの程度で優勝候補、ねえ。

ぼんやり見ていたが、特筆するような点は何もない。

俺からすればあくびの出るような魔法の撃ち合いだったり、正面きっての力比べ。

……もしかすると、貴族というのはバカしかいないのか……？

名誉や世間体を重視するあまり、正々堂々と戦うことが名誉だと思っていそうだ。

フィールドが森の意味がまるでない。

どちらも単純に見つけ次第攻撃といった方針で、子供同士の退屈な戦略ボードゲームのようだった。

フィリップが所属するロックス学院が押し込みはじめる。

「む。ついに撃つ気だぞ、ルシアン」

ゲルズが前のめりになってフィリップを見つめる。

会場中も固唾を飲んで動向を見守った。

「『エンシェントフレイムペイン』」

魔法名はそう聞こえた。

追い詰められた敵が集まっている足下に、緋色の魔法陣が出現し、そこから炎が吹き出した。

悲鳴がいくつも聞こえてくる。

ドン、という重苦しい音が鳴ると、モニター表示の名前が赤に変わった。

あれが戦闘不能を示しているようだ。

ドン。ドドド、ドン。

一気に六人が戦闘不能扱いとなり、戦闘可能選手が瞬時に四人にまで減ってしまった。

会場は一気にヒートアップし、フィリップコールが響き渡った。

「運が悪かったな。追い込まれたタイミングで広範囲火炎魔法の『ＥＦＰ（エンシェントフレイムペイン）』とは……」

感嘆をゲルズがこぼす。

おいおい。嘘だろう、ゲルズ。

フィリップは開始した瞬間から、こっそりと詠唱をしていた。

上手くバレないようにしていたが、魔力の流れを見れば明白。

「ゲルズ先生……。他のメンバーの動きからして、元々フィリップを支援するための戦術でしたよ」

「んむ?」

んむ、じゃない。

俺はさっきの出来事をまとめる。

「開始直後からフィリップは詠唱をしていたんです。他のメンバーも、発動まで時間がかかることを知っていて、その上で最大効果が見込めるように敵をなるべく固まらせるように誘導したんです」

「そ、そうなのか……? 私はてっきり、ものすごく早く詠唱が終わったのだとばかり」

これが王国三〇選の魔法使いなのか。

どこまで魔法能力は退化してしまったのだ。

ゲルズがこれでは、観客は気づかないだろうな。

あの程度の魔法を、御大層にもあんなに時間をかけて……。

俺は客を楽しませる一種のパフォーマンスだと思ったが、本気でやってあれのようだ。

「『EFP』はフィリップの得意魔法のひとつだ。去年の個人戦でも何度か使っていた」

個人戦であんなに時間のかかる魔法を発動させるなんて……。

観客は退屈じゃないのか?

俺なら観戦しているうちに寝てしまいそうだ。

試合はというと、おそらくロックス学院の戦術プラン通りの展開で、フィリップの魔法が決まり、残り四人となった時点で、各個撃破。

一〇人戦闘可能なまま終了。ロックス学院の完勝だった。

第一試合を見終わった俺とゲルズは、選手控え室に向かった。

「エーゲル学院が戦う相手は強いんですか？」

「エーゲルからすればどこも格上になるが、初戦は王国南部にあるシンセイ学院。ロックス学院に次ぐ実力校だ」

ロックス学院があれなら、二番手も恐れる必要はないだろう。

控え室へ向かう途中、ゲルズと別れトイレに行くと、中にいるシンセイ学院の生徒を見つけた。

俺のようにサポートメンバーらしく、男子二人が用を足している。

「エーゲル相手なら余裕っすよね」

「ま、苦戦なんて万にひとつもないだろうな」

先輩と後輩らしく、二人は会話を続ける。

「万が一ってことはあるでしょう？」

ははは、と先輩は低い声で笑う。

「ないない。実はな」

面白い話が聞けそうだ。

話に夢中な二人にバレないよう、俺はこっそり個室に入って聞き耳を立てた。

「ロン」

いきなりロンが鳴くので、俺は慌てて口を塞いだ。

「次は市街地フィールドなんだが」

よかった。鳴き声は聞こえていないらしい。

「え？　あれってランダムなんでしょ？」

「って思うだろ？　違うんだよ」

誰もいないと思っているトイレで、先輩は得意げに話す。

「上位二校には、翌年のフィールドが教えられるんだ」

「マジすか」

そうなのか。

いつから情報を与えるようになったのかはわからないが、少なくともエーゲル学院が弱小校になってからだろう。

万年最下位という話だから、学長やゲルズがそれを知らないのも無理はない。

「ああー。だから市街地用の練習が多かったんすね」

地形をあらかじめ知っていれば、対策も容易だからな。

特に模擬戦はメンバーの連携が物をいう。

自信が増すのも当然だ。

「でも、フィールドを知っているだけじゃ、有利ってくらいだと思うんすけど」

「それだけじゃねえんだよ」

まだあるのか。

「フィールドがこうだとすると、ここをこうしてるんだ。今ごろ上手くやってるはずだ」

「なるほど。そりゃ余裕っすね。オレたちゃ余力を残しながら二戦目ができるってわけだ」

「そういうこと」

二人はトイレを出ていった。

扉を隔てていたせいで肝心な部分がわからないな。

ここをこうする……？

それはフィールドをあらかじめ知っている以上に有利なことらしい。

今ごろ上手くやっている、とも言っていたな。

フィールドの話の流れからして、不正に近い何かをしているのだろう。

調べてみるか。

控え室に行って簡単に激励しようと思ったが、後回しだ。

何かをやった、もしくはやっているところを先に見つけなければ。

ないならないでそれでいい。

俺は会場の通路を歩き回る。

魔力反応はそこかしこにあった。

選手控え室からだったり客席からだったり、様々だ。

不正をしているらしきそれと区別がつかない。

廊下に向かってロンが吠えている。

「どうした、ロン」

「ロン、ロン！」

「下……？」

集中してみると控え室などから感じる魔力反応が下からもしていた。

圧倒的に有利になる仕掛けをしていると仮定してみる。

俺なら広範囲の弱体化魔法。

もちろんバレないようにな。

もしそれに近い何かをこの地下から行なっているとすれば——。

俺は廊下を走り出した。

どこだ。地下に通じる階段か何かがどこかにあるはず。

「あ、ルシアンくん！」

控え室からフィールドに出ようとするイリーナたちメンバーと鉢合った。

「あ、みなさん」

「緊張するけど、頑張ってくるね！」

「はい。ご武運を」

それどころではない俺は、スタスタ、とみんなの前を通過する。

怪訝な顔をされたが、不正をされている証拠がないので、今ここで何かを言うべきじゃないだろう。

だが、一言だけ注意しておこう。

「もし何か違和感があっても落ち着いてください。緊張しているだけかもしれません」

何かしらの不都合は緊張ということにしておこう。

みんながそれぞれ声を出して反応する。

まともに戦いさえすればいい勝負にはなるはず。

だが、不正をされた状態では、敗北は必至。

あるのなら早くその仕掛けを見つけないと。

フィールド裏手の廊下を走り回るが、それらしきものも、地下へ続く道もない。

会場の大歓声がここにも響いてくる。

試合が始まったようだ。

さっきまで競技会関係者らしき人たちがちらほら見えたが、今は誰もいない。

みんな試合を観戦しているらしい。

そんなとき、あの先輩後輩コンビを見かけた。

サポートメンバーは試合が始まると応援くらいしかすることがない。

ただサボっているだけかと思ったが、違うようだ。

「ここだ」

周囲に気を配った先輩は、誰もいないことを確認して用具室らしきところへ後輩とともに入っていく。

後を追い中の様子を覗くと、二人はどこにもいなかった。

隠し通路、もしくは階段がここにあるんだな。

そう思って探すと、すぐそれは見つかった。

棚の裏が空洞になっており、地下への階段があった、ようやく見つけた。

「ロンロン！」

ロンも地下に向かって吠えている。

試合状況はよくわからないが、さっさと不正を暴くことにしよう。

イリーナ

形成されたフィールドは、市街地だった。

見たことのない町が一瞬で作られる。

建物や道、水路など、どこかにあってもおかしくないものだ。

「作戦通りだ！　前衛三、中衛三、後衛四で行こう」

キャプテンに任命された三年生の男子が、打ち合わせ通りの確認をする。

民家の向こうには、もうシンセイ学院がこちらと同じように話し合いをしているんだろう。

わたしは中衛の一人。

前衛と後衛を援護するのが役割のひとつだった。

『イリーナさんは、魔法の回転数が高いので、アタッカーというより相手の攻撃の抑止力となってもらいます』

ルシアンくんの意見に、ほんの少しの反対はあれど、最終的にみんな納得することとなった。

鐘が鳴った。

開始の合図だ。

「っしゃぁ！　行くぜ！」

ライナスが拳同士をゴツンとぶつけて先陣を切って動き出した。

さっそく得意魔法を発動させる。

あれ？　いつもより発動が遅い気がする。

あれで案外緊張しているのかもしれない。

かく言うわたしだって、膝が少しだけ震える。

観戦している人が、王様や他の魔法省の偉い人だと思うだけで、心臓が大きな音を鳴らした。

いつもよりふわふわするのはそのせいだろう。

通りを前進してくる敵が見える。

「『ファイア』」

いつも通り。いつも通り。いつも通り。

それを言い聞かせながら、魔法を発動させる。

炎の弾が敵めがけて一直線に飛んでいく。

けど、その途中でボシュン、と魔法が消えてしまった。

あ、あれ？

「イリーナ、何してんだ」

「す、すみません」

おかしいな。いつも通りのつもりだったのに。

「あ、あれ。俺もだ」

他のみんなも同じで、魔法攻撃が届かない。

射程がいつもの三分の一もない。

たぶん、緊張のせいだ。

落ち着け、落ち着け、と言い聞かせる。

「焦らず、落ち着いていつも通りやりましょう」

ルシアンくんに言われた言葉を付近の先輩たちに言った。

これは、練習のときからずっと言われていたことだ。

特別なことはしない。

練習でしたことだけをやる。

「行くぜ行くぜ行くぜぇぇぇぇぇ！」

敵を引きつける役割でもあるライナスが突っ込んでいく。

不意にその魔法が解けるのがわかった。

気づかないライナスは、放たれた魔法を回避し、避けることができず防御しようとした。

「ライナス！」

叫んでも遅かった。

風属性魔法のひとつ、『ウィンドランス』がライナスに直撃する。

いつもなら『硬化』の魔法で無事なのにドシュン、と風の槍がライナスを貫いた。

「ぐわぁぁあぁ⁉」

開始まだ一分。

ビー、と音が鳴り、モニターに表示されているライナスの名前が赤に変わった。

ビーと音が鳴った。
誰かが失格になった音だ。
荒事になりそうなので、俺はロンを入れた鞄は用具室の隅に置いていくことにした。
「ちょっと待ってて」

どうして急に吠えるようになったのかよくわからないが、元々森にいたロンだ。

もしかすると王都の空気が合わないだけなのかもしれない。

下へと続く階段を降りていく。

すると、さっきよりも明確な魔力反応を感じた。

これはもう何かの魔法を使っているな。

奥に進んでいくと、話し声が聞こえてくる。

「まあ、この術式がありゃ、絶対に負けねぇだろうな」

「そりゃそうでしょー。これバレたらヤバいっすよね」

「バレねえよ。こんなの」

薄暗い中、いくつかランプを灯している。

ぼんやりと浮かび上がった姿は、トイレにいたあの二人だった。

天井に浮かんだ魔法陣に魔力を注いでいる。

その真上は、ちょうどフィールドだ。

二人はまだ俺に気づいていない。

俺の予想は的中していた。

天井の魔法陣。

あれは、大まかな種類でいうと弱体系の魔法陣だ。

詳しく見てみないとわからないが、勝利を確信させる魔法陣であることに間違いなさそうだ。

俺は呆れてため息をついた。

「格下格下、とバカにしておいて、正々堂々と戦うこともできないんですか」

びくっと俺の声に二人が驚いた。

「んだよ。ガキか。ビビらせんじゃねえよ。どうやって入ってきたんだ？」

「僕ちゃん迷子？　観客席は上だよ」

「こうして、魔力を流して上にいるエーゲル学院の魔法を妨害しているんですね」

ピリリと空気が変わった。

「……オイ、適当こいてんじゃねえよ」

「そ、そうそう。オレらは、ええっと、競技会の運営係で、フィールド形成を手伝ってるんだ」

「弱体系の魔法陣に魔力を流す運営なんていないでしょ。それも、エーゲル学院側だけ」

近づいていったことで、ようやく俺が学院生だと二人は気づいた。

「ガキ相手に手荒なことはしたくないが、見られちまったらただで返すわけにはいかねえ」

先輩が言うと、後輩のほうが魔法を発動させた。

魔法発動までが非常に遅い。

あくびが出る。

テンポが悪いし、魔力をさっきまで注いでいたせいか、すでに額に汗が浮かんでいた。

俺が学院入学のとき戦ったゲルズは、やっぱり優秀だったんだな。

彼らよりもっと速かった。

「あんたたちに魔法使いを名乗る資格はないな」

「調子こいてんじゃねえぞ、コラァ！」

どの程度の魔法なのか待っていると、長ったらしい詠唱が終わり後輩がようやく魔法を放った。

「死んでも知らないからな！　『ウィンドランス』！」

ゴゥ、と風を巻き起こした魔法の槍が飛んでくる。

予想通りというか。上位校とはいえ、やはりこの程度か。

少し期待してみたが、時間の無駄だったな。

「そんな可愛い魔法で、『死んでも知らないからな』なんて、よく言えたものだ」

ため息混じりにつぶやき、俺は防御魔法を発動させた。


「『ガード』」


防御魔法、初歩の初歩。

これで十分だろう。

「そんな初級魔法でシンセイ学院伝統の風魔法が防げると思うなよ！」

薄い膜が俺の前面に展開されると、直撃した風の槍はあっさりと四散した。

「「……」」

「え。何か言いました？　さっき、伝統の魔法がどうとかって」

「マジかよ、このガキ⁉」

「一点突破に優れる『ウィンドランス』があんなにあっさり！」

「鋭さという意味では、風魔法は優れていますが、重みには欠けます。たとえるなら、スパッと切ることはできても、壁のようなものを壊すことには不向きです。一点突破という用法なら土魔法のほうが有効でしょう」

「「なるほど……」」

納得させてしまった。

「代われ！　オレがこの頭でっかち小僧を黙らせてやる！」

「それはそっちでしょう」

呆れて思わず力が抜ける……。

「バラされるよりはマシだ」

「せ、先輩、まさかアレをやる気っすか⁉　ヤバいっすよ、あれは」

「るせえ！」

残り魔力を注いでいるのがわかる。

その分さらに時間がかかるが……。

上の状況が気になるのでさっさとしてほしいところなのだが。

「天井が崩れますよ、先輩！」

「構やしねえ！　『インビジブルエア』」

肉眼では見えない風の攻撃魔法らしいが、残念だが俺にははっきりと見える。

「『ガード』」

しゅん――……。

ご大層な攻撃は呆気なく消え去った。

そういう意味でインビジブルなのか。

すぐに消えるから見えない、と。なるほど。

「な、なんだこのガキ！」

「先輩の『インビジブルエア』も無効化させるなんて――」

二人が騒いでいる間に、俺は光属性の魔力を方々に飛ばす。

魔力それぞれが光るので、中がよく見えた。

どうやら、元々倉庫か何かとして使われていたらしい。

このカビくささも納得だ。

「運営委員に出頭してください。強引なのは好きじゃないので」

「調子乗んなよ、ガキが――！」

頭に血がのぼったのか、先輩が拳を握って殴りかかってくる。

「最後は結局暴力か」

それでも魔法使いなのか。

目と鼻の先まで迫った先輩に、俺は「『ファイア』」を唱える。

当然詠唱はなく発動したため、二人とも驚いていた。

「うごぁぁあ!? お、オレの、体が、いきなり燃えた!?」

……魔法を使われたということもわからなかったらしい。

「だ、だ、大丈夫すか先輩!?」

みるみるうちに炎に包まれていく先輩。

どう考えても大丈夫はわけない。

ろくに呼吸もできないから会話もできないだろう。

「お、俺が、今助けますからッ」

「おまえもそうなるぞ」

「はっ?」

同じように『ファイア』を後輩に放った。

「ぐぁぁぁぁぁぁ!?」

大事に至る前に消火してやろう。

「『ウォーター』」

水流が二人を包み、燃え広がろうとしていた炎がすぐに消え去った。

後輩のほうは完全に失神しており、意識のあった先輩が尋ねてきた。

「お、おまえは、一体……何者なんだ……?」

「魔法の父になる……みたいです」

「魔法の、父……？」

俺の独自魔法を広めればそうなるという。

魔法の父がどうとか、そういう肩書きは正直どうでもいいのだが、魔法体系が変わるという意味では、やはり親扱いなのだろう。

「ルシアン！」

ゲルズの声がする。

「先生。こっちです」

呼ぶと、ゲルズが不審げに眉をひそめている。

ゲルズは、はぐれた俺を捜していたらしく、ロンの鳴き声に釣られてあの用具室に入ったらしい。

「ルシアン、これは一体……？」

「見てください。シンセイ学院のサポートメンバーが、この魔法陣を使って不正を」

「君たち、詳しく話を聞かせてもらおうか」

◇

俺はゲルズにあの二人の処遇を任せ、ロンを連れて関係者室で試合を観戦していた。

失格者の席にライナスがいたので、試合状況を教えてもらった。

「やっちまったぜ、ルシアン……」

苦い表情で頭をかくライナス。

どうやら最初の失格者はライナスだったらしい。

「言いわけに聞こえるかもしれねえが、なんか普段と違ったんだよな、魔法の感じが」

いずれ公になるだろうから、あの地下魔法陣のことについては黙っていよう。

「緊張のせいかもしれませんね」

「そっか。でもよ。みんな持ち直して魔法の撃ち合いだ。応援で声枯れるわぁ」

モニターでは、エーゲル学院が五人脱落。シンセイ学院も同じく五人が脱落となっていた。

あの魔法陣がなければ、もっといい戦いができただろうに。

それだけが悔やまれる。

だが、序盤こそ劣勢だったが、今では前線を上げていき、どんどん押していた。

『『ファイア』』

その中核となっているのがイリーナだった。

「外から見ると、イリーナはかなり強力なんだな」

「ええ。制御と操作も上手いので、魔力を過不足なく魔法に変換できる。その上、次弾も早い」

強力な魔法を一発放つよりも、手数で押し切る。

イリーナにはそれが向いていた。

「全部ルシアンが教えた通りだ」

「それを信じて努力を怠らないイリーナさんだからできる芸当ですよ」

「くっそ……オレも活躍してぇ」

「次からはきっと大丈夫です。僕が保証します」

「え？　ああ、そうか？」

不思議そうにライナスは目を丸くした。

試合はイリーナが支配していたと言っても過言ではなかった。

手数の多さに、じわじわと攻められ、後退を余儀なくされていったシンセイ学院。

観客は、エーゲル学院が押していく展開が珍しいのか、面白がって応援してくれた。

やがて。

シンセイ学院が、最後の一人になった時点で降伏を宣言。

エーゲル学院が四人を残しての勝利となった。

「「よっしゃぁぁぁぁぁぁああ！」」

失格したメンバーが全力でガッツポーズを決める。

「やったな、ルシアン！」

ライナスが拳を出してきたので、俺はそこに自分の拳を軽くぶつけた。

「みなさんの頑張りですよ」

ようやく俺もほっとひと息がつける。

自分が出るほうがどれだけ気楽か。

それは、監督のソラルもそうだったようで、試合中は立ってやきもきしていたのもようやく落ち着き、どかっと腰を下ろした。

「か、勝ったわ……」

「お疲れ様です」

「エーゲル学院の模擬戦勝利って一〇年ぶりとかじゃないかしら」

そんなに白星から遠ざかっていたのか。

他校から下に見られるのも、無理はないということか。

会場はというと、エーゲル学院の勝利に観客たちが大喜びで喝采を送っている。

「負けて当然って感じで見ていたでしょうから、予想を裏切る展開が楽しいんでしょうね」

ソラルが苦笑しながら肩をすくめる。

選手退場となり、イリーナたちと合流した。

「疲れた〜〜〜。ルシアンくん、見てた?」

「途中から見てました。お疲れ様でした。バッチリでしたね」

「えへへ。やったね」

ぱちん、とハイタッチをする。

メンバー全員、疲れたような表情だが、覇気が漲っている。

ライナスは早々に失格となったので二戦目の余力は十分だ。

「次こそはオレが……」

と、一人でぶつぶつとつぶやいていた。

ゲルズが戻ってきた。

「あの件、どうなりました？」

「厳重注意とだけ」

たったそれだけ？

「しかし、私が見つけたということでいいのか？」

「はい。僕よりも先生のほうが社会的な信用がありますから」

「それもそうか」

俺一人であの二人を運営委員に突き出しても、取り合ってくれるとは思えない。

ゲルズかソラルに頼もうと思っていたところに、ゲルズがやってきてくれて助かったくらいだ。

だが、あれだけのことをしておいて、シンセイ学院に処分はないのか……？

上位校にフィールドの法則が開示されることもそうだ。

ずいぶんと恣意的だった。

魔法省とやらは、上位校と下位校で差をつけようとしているとしか思えない。

「先生。魔法省というのは、官僚だというのはわかったんですが、そもそもどういう組織なんでしょう？」

「そもそも？　それはわからないが……基本的には、魔法学院の運営や次世代魔法使いの育成が主な目的だ。宮廷魔法士の選定も魔法省だ。魔法絡みの一切合切を取り仕切っている、と考えてもらってもいい」

彼らの中に現代の魔法が停滞、退化している理由を知っている者がいるかもしれないということか……?

「もうご到着されているはずなんだが」

ゲルズは関係者席のほうへ目をやっている。

「誰か来るんですか?」

「学長がね。本当は開会式に間に合うように到着する予定だったが、予定より遅れているみたいだ」

その関係者席に座っている人たちは、ほとんどが学院関係者らしく、挨拶に訪れる人間があとを絶たない。

「あ。いらっしゃったんじゃないですか?」

俺が指を差すと、ゲルズも見つけたようだ。

「初戦の報告をしてくる。ついてくるかい?」

「じゃあ、僕も」

他のメンバーは、次に備えて休んでいる。

そうなってくると、俺にできることはほとんどないので、手が空くのだ。

通路を移動し階段を上っていき、関係者席にやってくると学長が他の老紳士と挨拶と握手を交わしているところだった。

「はっはっは……」

「ふっふっふ……」

学長とその老紳士……雰囲気からしてこの老紳士も他学院の学長なのだろう。

お互い手を握ったまま笑顔だったが、目がまるで笑っていない。

「カーン学長」

「ああ、ゲルズか。それと、ルシアンくん」

ようやく握手をやめた二人。

俺は小さく頭を下げて会釈をする。

学長が握手の相手を紹介してくれた。

「この方は、コッド学院の学長だ」

コッド学院は次の対戦相手だ。

「君がゲルズか。エーゲルの次はコッド学院に来たらどうだ?」

「お誘いありがとうございます。ですが、魔法省が決めることですので」

「何。ワタシが口添えすれば簡単だ」

学長によって、発言権が違うのだろう。

とくにエーゲル学院は、成績が万年最下位とあって、発言権や影響力というのはなさそうだ。

「優秀だからといって、勝手に引き抜くのはご遠慮いただきたいところですな」

と、学長……ややこしいのでカーンとしておくか……が釘を刺した。

「カーン殿。知らぬはずはないだろうが、じきにエーゲル学院は解体されるだろう。そこに勤める講師に次のことを考えさせて何が悪い」

ん？

んんんんんん？

今、なんと……？

解体？

エーゲル学院が？

「先生、今の話は」

俺が尋ねると、ゲルズはマズそうな顔をして俺を一瞥して目をそらした。

「今の話は、本当だ。競技会の成績が常に悪いから、質の低い魔法使いを世に送り出している、と魔法省では考えられている」

ゲルズが入学するときに言っていたな。

『――肩書き目当てで入ってくる者が増えてしまってね』

『ここで魔法のイロハを学ぶんだけども、『魔法の勉強をしていた』というだけで、庶民たちは見る目を変えるからね』

ゲルズは、魔法省でエーゲル学院がどういう目で見られていたか知っていたのだ。

だから余計に入学者を厳しく選んでいたのだろう。

「い、い、あの、いいいい、いつ？」

いかん。思わず動揺が声に出ている。

深呼吸を繰り返すうちに、カーンが答えてくれた。

「すぐに、というわけではない。最悪年内」

待て。俺が卒業するよりもずっと早いぞ。

コッドの学長が補足をした。

「毎年、競技会後魔法省で会議が開かれる。全学院の学長や主だった講師を集めてね。そこで何かしらの決定がくだされれば……年内」

やはり年内……!?

高い入学金を払ってせっかく入ったというのに、なくなるのか!?

エーゲル学院入学のときは、学長が助け船を出してくれてどうにか入学できたくらいだ。

余所の学院でも同じように扱ってくれるとは思えない。

まずい。非常にまずい。

「要は、エーゲル学院のような低能な生徒を世に送り出す育成機関は、他校の魔法使いと同じくくりにされては敵わん、ということだ」

カーンが拳をぐっと握りぷるぷると震わせているのがわかる。

「今年は例年と違うことをすでに示している。シンセイ学院を模擬戦で撃破しておるからな！」

「たまたま上手くいったからと言って吠えるのはいかがなものだろう」

コッドの学長が冷笑すると、それがカーンの感情を逆なでにしたらしい。

顔を赤くして怒りはじめた。

「序列三位のコッド学院がどうしてそこまで偉そうにできるのだ！」

「四位と五位の間には、海よりも深い溝があり大きな隔たりがある」

そんなに弱いのか、エーゲル学院は。

解体の話が出るのも納得だ。

だが、そういうふうに仕組んでいる点も無視できない。

シンセイ学院のときのように、これまでも何かしらの不正が行われていた可能性は高い。

仕組んだ、もしくはそれを容認した上で弱小校で魔法使いの名を下げる学院だから解体する、では、あまりに勝手が過ぎる。

「ゲルズ先生。解体を回避するには、どうしたら」

「成績だけではなく、エーゲル学院は今年から変わったと魔法省の者に印象付ける必要がある」

この事情をカーンとゲルズが知っていたとすれば、俺を競技会に参加させないのが納得できない。

模擬戦も個人戦も、圧倒してみせるのに。

「元々そのつもりであったが」

カーンが前置きをする。

「模擬戦全勝。エーゲル学院は、残り三試合、全勝し学院の序列をひっくり返してみせよう」

聞き耳を立てていた周囲の関係者からくすくすと嫌な笑い声が漏れ聞こえた。

「エーゲルが模擬戦全勝？」

「ふふ。シンセイにたまたま勝っただけで夢を見過ぎでは？」

「まあまあ。エーゲルはあとがありませんからなぁ。それくらいしなければ、解体は必然」

売り言葉に買い言葉だった。

聞こえるように陰口を叩いていた関係者たちに、大声で言い放った。

「できなければ解体してもらって構わん！」

高らかな宣言に、周りがしんと静まった。

おい、待て待て待て。勝手に約束をするな。

「言いましたな。言ってしまいましたな、カーン殿。二言はないでしょうな？」

「当たり前だ！　半端な成果では魔法省の考えを改めさせることはできぬ！　――吠え面を用意しておくといい。それでは」

負け役が吐きそうな捨て台詞を残し、カーンは足音を立てて去っていく。

俺とゲルズもあとを追った。

「学長。いいのですか。あんな約束……」

「魔法省の評価はゼロどころかマイナス。エーゲル学院は、ポンコツ魔法使いを輩出して魔法使いの地位を貶めていると思われているのだ」

憤慨が収まらないカーンは、まだ顔を赤くしている。

「その件ですが、シンセイ学院との対戦時、我が校の魔法が弱体化する魔法陣をシンセイ学院の生徒が密かに地下で展開していたのです」

「なんだと……！」

火に油だな。

どっちにしろ、報告しなければならないのだが。

「運営に報告したのですが、厳重注意だけで終わってしまったのです」

「ナメられておる……！　エーゲル学院は、どうせ最下位で解体予定の弱小校だから、と好き放題してもお咎めなしと思われておるのか……！」

カーンは悔しさで奥歯を噛みしめている。

ゲルズが真剣な眼差しで言う。

「どこにも負けられません。エーゲル学院に勤めて数年になりますが、侮辱されたままでは終われません」

うむ、とカーンは力強くうなずく。

そこで俺は切り出した。

「僕を使ってください。模擬戦に。サポートメンバーなら出場メンバーと交代可能だったはずです」

二人に訴えると、同じような反応を示した。

「やはり両刃の剣であったな。ルシアンくんは」

「ルシアンの魔法は、異端と捉えられる可能性が高い。イリーナとライナスの二人は、既存の魔法を使っているため、言い逃れはできるが……」

要は、全員はじめて俺の魔法を目の当たりにしたゲルズ状態。

魔法だと認めてくれるかどうかも怪しいという。

「その異端らしき生徒がいると、学院的にもまずい、ということですか？」

「魔法省の印象は悪いだろう」

俺の質問にカーンが答えた。


『魔法』とは何か――。


それは魔法省が定義している。

では、俺が壊すべき『現代の常識』というやつは、そのまま魔法省のことではないのか。

俺はカーンに口止めをされた。
解体の件は、いたずらに混乱させるだけだから生徒には言わないでほしい、と。
それについては賛成だった。
イリーナやライナス、その他メンバーには、競技に集中してほしい。

その範囲外だろうと俺はソラルに遠回しに訊いてみた。

「エーゲル学院のこと、何か耳に入っていたりしますか？」

「何かって？」

「学院運営のこととか」

「まあ、聞かないわけじゃないわ」

選手や関係者が使っていいとされている休憩室の片隅で、ソラルは声を潜めた。

「私だって、宮廷魔法士だったのよ。出身校の評判くらい心得ているし、意識せずとも聞こえてくるものなのよ」

機嫌悪そうにソラルはため息をつく。

「母校を悪く言われるのは、気分のいいことじゃないもの」

この様子なら、知ってそうだな。

魔法省の内部ではもう有名な話なのかもしれない。

「次の試合も勝ちましょうね。エーゲル学院が、もしかすると解体されるかもしれないらしいですから」

「え」

「え？　勝ちましょうねって」

「そ、その次」

「解体されるかもしれないってやつですか」

「うえええええええええええ!?　ひえええええええええ!?　え――、え?　え、えええええええええええ!?」

めちゃくちゃ驚いていた。

知ってたんじゃないのか。

「迂闊でした。今のは聞かなかったことに」

俺が席を立とうとすると、ぐいっと手を引っ張られた。

「待ちなさいよ。そんな爆弾発言されて放っておけるわけないでしょ。私が聞いていたのは、外部の評判だけで、処遇に関しては何も……」

ここまでしゃべってしまったら、説明するしかないだろう。

「僕も驚いたのですが」

と前置きして、ソラルにさっきの出来事を話した。

「ということは、勝たないとエーゲル学院解体されちゃうってこと……?」

シ、と俺は人差し指を立てる。普通の声量に戻ったソラルに注意をした。

わかりにくいように、俺は小さくうなずく。

「そっか……そうよね……競技会では万年最下位でエーゲル出身っていうだけで、バカにされることもあるし」

この手の話に詳しい貴族であるなら、大切な我が子は多少遠くても他学院に入学させるという。

「僕としても困ります。学院がなくなってしまうと、魔法使いとして認めてくれる公的機関がなくな

ります から」

「でもあんたはいいじゃない。地元のマクレーン様にお抱えの魔法使いになってほしいって言われてんだから。卒業資格がなくたって困らないでしょう?」

ソラルは髪の毛を指でいじりながら言った。

「お金やその後の人生の心配をしているわけではないのです。僕がやろうとしていることは、いわば改革。魔法省が定義する魔法だけが魔法ではないと世間に知ってもらいたいのです」

「……なんか、あんたすごいわよね」

意外そうにソラルは目を丸くしてつぶやく。

「そうですか?」

「今ある魔法を疑って、別に魔法があるってことを発見して、少なくとも自分で実践してみせて、イリーナやライナスにそれを教え込んでいる」

否定する論拠を集めるのに膨大な時間をかけたから、今こうして二度目の人生を送っている。

もっと早くに気づけていればと思わないでもない。

「安心してちょうだい。少なくとも、次は勝てるから」

「そう言って足をすくわれる人を何人も僕は見てきましたが」

「んもう、すぐ生意気を言う」

ふふ、とソラルは人形のように整った顔に笑みを浮かべた。

「シンセイに力押しで勝てたんだからコッドなんて余裕ちゃんよ」

余裕ちゃん……。

変な言い回しが気になるし、余計心配になる。

攻守の中心となるイリーナの回復具合にもよるだろう。

気になった俺は、イリーナを捜す。

ようやく見つけたイリーナは、観客席にいる両親と話をしているところだった。

観客席に身内を呼んでいる生徒は珍しくなく、時間があると顔を見せに行っている。

「イリーナさん」

「あ、ルシアンくん」

「魔力はどうですか？　まだ疲れは残っているでしょうが……」

「うん。大丈夫。あと一試合くらいなら全然やれるよ！」

『鑑定』の魔法でイリーナを見てみると、通常の二割ほどしか魔力が残っていない。

ライナスが早々に抜けたことで、イリーナの負担が増したせいだ。

「あ、紹介するね。うちの両親。――で、この子が、学院で話題のルシアンくん」

人の良さそうなイリーナの両親を見て、俺は実家の両親を思い出した。

「まだこんなに幼いのに。もう学院に通っているなんて、優秀なんだね」

父親が言うと、俺は会釈をした。

「ルシアンといいます。イリーナさんには、よくお世話になっています」

「あらあら。ご挨拶もちゃんとできて。偉いわねぇ」

なでなで、とイリーナの母親に頭を撫でられる。

この年ならこうされても自然なのだろうが、当たり前にできることを褒められると少し恥ずかしい。

「父親の私が言うのも変だが、イリーナはよくできた子で、魔法の才能も小さい頃からあったんだ」

「すごい魔法使いになれるからって、学院に入学させたのよねぇ」

「ちょっと。やめてってば。ルシアンくんの前で」

唐突にはじまった娘自慢を、イリーナが慌てて遮った。

この家族のやりとりは見ていて和む。

両親の期待を裏切らないためにも、イリーナは努力している。

イリーナだけではない。

エーゲル学院生全員がそうだ。

まだ付き合いの浅いみんなの顔が思い浮かぶ。

こんなナリだから、親切にしてくれる人が多かった。

たとえば、背が届かない棚の本を取ってくれたり、背が小さくて前が見えないだろうから、と席を譲ってくれたりした。

些細なことだが、そんなこともあったと思い出した。

……解体させるわけにはいかないな。

「イリーナさん、ちゃんと休むんですよ？」

「わかってるわかってるー」

俺はイリーナと別れ、競技場をあとにした。

俺は競技会の案内を再度見返す。

魔法具の使用について——という欄。

魔法具の使用は能力をサポート補助するものであれば携行可能——とされている。

一試合目と二試合目を見たところ、誰も使っていなかった。

訓練のときでも、使うかどうかが議論されなかった。

ソラル曰く、

『ダサいのよ。イマドキ魔法具使って魔法を発動させるなんて。学院生っていや、少なくとも入試をパスした魔法のエリートよ？　使わない使わない。魔法具なんて。大して効果は上がらないし、整備や調整が難しいもの』

使う人がいないわけではないが、学院生のうちから道具頼みというのはよくない、もしくはダサいという風潮らしかった。

要はオムツ扱い。

未熟の代名詞とされているようだ。

競技会についても、日頃の鍛練の成果を見せる場であると考えられているらしい。

だったら魔法具は禁止すればいいものを。

案内の隅にこっそりと携行可能と書かれている。

昔からこの要項で改訂されないまま今日に至っているようだ。

学院生や魔法使いの価値観のほうが変わった、というところか。

俺は使える物はなんでも使ったほうがいいと思うタチだ。

まだエーゲル学院の二試合目まで時間がある。

ここは王都。

魔法具の素材になるものであれば、いくらでも見つけられるだろう。

俺はロンを連れて競技場をあとにした。

鞄から出たロンは、前足を突っ張って、一度ううん、と伸びをした。

「狭い所に押し込めてごめんな」

「ロン」

なんと言ったかわからないが、怒っている様子はなかったので一安心だ。

用具室から地下へ行けることを知ったのは、ロンのおかげでもある。

ロンが欲しがるものは何かひとつ買ってあげよう。

体毛に空気を入れるようにぶるぶる、と体を震わせると、いつも通りもふもふな毛並みが復活した。

「行こうか」

「ロン」

返事をしてくれるあたり、ロンは俺の言葉を理解してくれているのだろうか。

この現代でわからないことは多いが、身近なところでいくと、ロンも不思議生物でわからない点が多い。

繁華街から一本路地に入った道を歩く。

通りが賑やかなせいか、路地に入ると陰気な感じがする。

往々にして、大通りにある武具屋、道具屋は、金額の設定が高い。

観光客価格といったところか。

王都を中心に活動をする冒険者たちが通う店であれば、地味な場所にあるはずだ。

わぁ、とここまでアリーナの歓声がここまで聞こえてくる。

イリーナのことだから次の試合まで魔力消費をするようなことは避けるだろう。

だが、残り魔力が二割程度では試合中に魔力切れを起こしてしまう。

昔は、魔力を分け与えられる聖女がいたそうだが、それはかつての話。

それこそ神の祝福を得たとされる人物の逸話だ。

俺にそんな力はない。

もしあれば迷わずイリーナに注いでいる。

イリーナが活躍すれば、魔法具の有用性を証明することにもなる。

作製した俺自身にも注目が集まるはず。

残量の減った魔力を長持ちさせるためには、方法がいくつかある。

一つは、魔力変換効率を引き上げること。

二つは、魔法効果を落とすこと。

三つは、当たり前だが魔法を使わないこと。

一つ目は、魔法に変える際のロスを極力なくすというものだ。

まだ俺の独自魔法に慣れていないイリーナは、魔力器官を通じて魔法を発動させるときにまだ魔力を無駄にしている。

それを道具でサポートすることで、たとえば一〇発しか放てなかった『ファイア』が一二発撃てるようになったりもする。

二つ目は、単純だが『ファイア』の威力を強制的に下げるもの。

そうすれば、使用する魔力もこれまでよりも大幅に減るだろう。

三つ目は、試合中のことなので論外だろう。

歩きながら俺は魔法具のプランを練る。

一つ目と二つ目が実現可能そうなので、作るのは戦術変換器(コンバーター)になりそうだ。

変換効率が高く魔力消費を極端に抑えることに主眼を置くため低威力になる。

「ロロロンっ。ローン」

ロンがついてきていないと思ったら、足を止めて鳴いていた。

ん。俺が考え事をしている間に、目的の武具屋を通り過ぎてしまったらしい。

「ありがとう。ロン」

「ロン！」

もふもふ、と頭を撫でると、ロンは嬉しそうに目を細めた。

不思議生物を中に連れていくのもどうかと思い、俺はロンに出入口で待ってもらうことにする。

店に入ると、小さな教室ほどの広さがあり、俺がこの人生で見た中では一番の品揃えだった。

冒険者や騎士向けの店で、一見して価格もモノに見合った適正額だ。

魔法を使えない人たちのほうが、当たり前に多い。

貴族ばかりの魔法学院に通っていると、どうもそのあたりが曖昧になってしまうな。

「ボクちゃん、ひやかしはいけねえぜ？」

店主らしき大男が話しかけてきた。

元々は武芸を嗜んでいたのだろう。まくった袖から見える腕は太く、傷痕がいくつかあった。

「ひやかしじゃないですよ」

「制服見りゃわかるよ。魔法使いのガッコに通ってんだろ。あいつら、武器のことをバカにしやがる。魔法が使えるからなんだってんだ」

そう店主は吐き捨てた。

魔法使いの貴族は外ではかなり嫌われ者のようだ。

俺が出会ってきた学院の人たちの最初の反応は、好意的なものでないばかりか、差別的な態度がほとんどだったからな。

「貴族のガキが来るようなところじゃねえって言ってんだ。とっとと出ていきな」

「買い物をしにやってきたのです。あとそれに、僕は貴族ではありません」

「魔法学院の制服着てんじゃねえか。嘘までつく気なのか？　あぁん？」

魔法学院は、一般人からすると好感度はかなり低いらしい。

みんな、魔法を教わっているからと居丈高に振る舞ってきたんだろう。

「村の出身で、魔法の才能がたまたまあったので魔法学院に通えているのです」

「村ぁ？　どこの」

「ネルタリム村といいます」

「んだよ……オイラの地元とちょっと近いじゃねえか」

態度が軟化してきた。

「村人なのに、魔法学院に通ってんのか、ボクちゃん」

「はい。色んな方から支援をしていただいて」

「かぁー。いい話だなぁ」

人情派らしい店主は、俺の素性を信じてくれたようで、

「気になったやつがあったら言ってくれ。高いところにある物はオイラが取ってやるからよ」

そう言ってカウンターのほうへ戻っていった。

どうやらここで修理も行っているようで、料金表がカウンターのそばにある。

コンバーターを作るには、どれが素材に適しているだろう。

制服の上からでも羽織りやすいローブ……？

それとも、腕輪か……？

ううん、と悩んでいると、男が一人店に入ってきた。

「ジル、明日のことなんだが――」

鉢がねを装備している武芸者風の男だった。

腰には剣を佩いており、身なりはあまりよくない。

その男は俺に気づかなかったらしい。

「おい、客来てんだぞ！」

ジルというのは、どうやら店主のことだったらしい。

ジルと呼ばれた店主の剣幕に男が一瞬ひるんだ。

男は俺にようやく気づいて、制服を見て一度鋭く睨んだ。

……王都はどこもこんな感じなのだろうか。

「客って魔法学院のガキじゃねえか」

「いいんだよ、あの子は」

「わけわかんねえ」

ぼそりと文句を言った男は、店主、ジルに促され店の奥へ消えてしまった。

「これにしよう」

あまりお金を持っていないので、これくらいがちょうどいい。

俺が選んだのは、セール品の剣や槍の中に適当に突っ込まれていた古ぼけた杖だった。

魔法使いとくれば杖だろう。

前世のときですら古臭いイメージがあった杖だが、逆に今となっては新しいのではないか。

魔法を放つ際に、イメージもつきやすい。

「『ファイア』」

この体では少し重い杖を振ってみせる。

うん。魔法使いっぽい。

俺はカウンターまで杖を持っていく。

「あのー、これほしいんですが！」

奥に行ってしまったジルに声をかける。

代金を用意していると、ジルが戻ってきた。

「あー。はいはい、これね。…………こんなもん、何に使うんだい、ボクちゃん。殴るっていってもすぐに折れちまうぜ？」

「魔法具に改良するんです。魔法をいくつか付与していくと、低威力の魔法が放てる変換高効率のコンバーターにできるんです」

ジルは俺の言っていることがさっぱりわからないらしく、小難しそうに眉をひそめていた。

「お代、これ、ちょうど」

「いいよ。持っていきな。どうせ売れねえから捨てようって思ってたくらいのモンだ」

「いいんですか？」

「ああ。その代わりといっちゃアレだが…………ボクちゃんひとつ約束してくんねえか？」

「はい？　約束ですか？」

「明日も、その、なんていうんだ、大会？　があるんだろ？」

「はい、ありますよ」

「競技場に行くのは、昼からにしてくんねえか？」

「昼から、ですか？」

「ああ」

明日も模擬戦。

たしか、エーゲル学院は最初の試合が昼過ぎだったな。

「はい。お昼からなら、ちょうど試合もないので大丈夫です」

「そうか、それならよかった」

わしわし、とジルに俺は頭を撫でられた。

最近よく撫でられるな。

こうして俺はジルの好意に甘えさせてもらい、杖を譲ってもらった。

店を出ると、待っていたはずのロンがいなくなっている。

「あれ……どこ行った？」

きょろきょろ、とあたりを見回してみると、後ろ姿を見つけた。

ロンは町の中を流れる水路をじいっと覗き込んでいる。

ときどき、水が流れてくる暗い地下水路のほうにも目をやっていた。

きっと俺を待っている間、退屈だったのだろう。

「お待たせ」

「ロン、ロン！」

何か言いたげにロンが鳴く。

……空腹なのか？

そういえば昼食はまだだったな。

会場に戻って昼食を食べることにするか。

ロンと一緒に会場に戻り、休憩室で軽く食事を済ませる。

ロンにはサラダとローストビーフ。

ロンの食事にかかわらず、どのメニューも町で食べようとすれば、かなりの値段がするだろう。

食事はどれも栄養価が高いものが多く、それらを無料で食べることができた。

はぐはぐ、とローストビーフを食べていくロン。

食事に夢中になっているので、その間に俺は杖の改造をはじめた。

当初の目的通り、魔力変換効率を最大まで高め、その代わりに魔法の威力を制限させるコンバーターを作る。

神からの祝福のひとつとして『鍛冶』魔法を与えられたが、汎用性の高さに今さらながら驚いている。

弱体効果魔法の一種、『衰弱』を杖に付与する。

これで発動する魔法の威力を低減させられるはずだ。

出場者専用のウォーミングアップ会場があったはず。

そこまで行って、あとで試してみよう。

魔法効果低減ができたのなら、あとは魔力の変換効率を目いっぱい上げるだけ。

俺が発見した魔力器官という体内器官は、人は誰でも一つ必ず持っているというもの。

人為的に変換効率を上げる仕組みを考えられるのは、俺が魔力器官を知り尽くしているからだろう。

魔法発動から、魔力の流れを逆算――。

その中でひとつの無駄もない回路を構築――。

自分で魔力を流してみる――。

まだ少しロスがあるな。

魔力が残り少ないイリーナが、残量を気にすることなく魔法を放てるようにしなくては。

コッド学院のあの老紳士の発言を聞いていて、いい気分はしない。

カーンのように感情的になることはなかったが、鼻を明かしてやりたい気持ちは俺にもある。

『鋭利化』の魔法を使い、杖を削って整えていく。

物理的に回路の邪魔をさせないためだ。

ゴリゴリ、と少しずつ削っていくと、足下のロンがぶるぶると体を震わせた。

どうやら杖の削りカスがかかってしまったらしい。

「よし。できた」

魔法使いの杖改め、『戦術変換器（コンバーター）』。

見栄えも変ではない程度に整えたし、これなら使ってくれるだろう。

「ルシアンくん、みーっけ」

ちょうどいいところにイリーナが休憩室へやってきた。

「ご飯まだだったらここで食べられるよ？」

「いえ、もういただきました」

「そうなんだー。わたし、ちょっと食べ過ぎたかも……。珍しい物がいっぱいあるし、食べても食べてもお金はかからないし」

あはは、とイリーナは困ったような笑顔を浮かべた。

貴族なのに、庶民肌なのが彼女の魅力だろうな。

「イリーナさん、練習場に行きませんか？」

「え？　うん、いいけど」

試合前だから、変な消耗をさせたくないのは俺もそうだ。

だが、コンバーターが使えるかどうかは試しておかないと。

「何か新しい魔法を教えてくれるの？」

休憩室を出ていくと、イリーナが尋ねた。

「新しい魔法ではなく、これを次の試合で使ってほしいんです」

「杖ぇ？」

あからさまに嫌そうだった。

「魔法使いが杖使うなんて、むしろ恥ずかしいんだよ、ルシアンくん」

「承知の上です」

「お父さんやお母さんが見に来ているから、その、カッコ悪いところはあんまり……」

イリーナもソラルと同じ価値観なのだな。

ということは、彼女たちがそうなのではなく、これはもう一般的な感覚と言えるだろう。

どうやら、一般的にも魔法具は、使用を避けられているのがわかった。

練習場には、他学院の生徒が何人かいたが、試合当日なのでみんな簡単な準備運動や魔法の確認などがほとんどだった。

イリーナだとわかると、その何人かがちらちらとこちらを彼女を見ている。

その視線に気づいたのか、イリーナが自分の服のにおいを嗅いだり、前髪を手櫛で整えてみたり、服にゴミがついていないか確認をしていた。

「ルシアンくん、わたしどこか変？」

「いえ。いつも通りです」

ああ。きっと、初戦の奮戦ぶりをみんな知っているのだろう。

「あの……あなたエーゲル学院のイリーナさん？」

他学院の女子の先輩が話しかけた。

この制服は、赤髪と同じロックス学院の……。

「は、はいっ！　そ、そうですがっ！」

緊張しているのか、イリーナがぴしっと背を正して答えた。

「さっきの戦い見てたわ。前線が崩れて、ああ、今年もエーゲルは全然だわって思っていたら、あなたの『ファイア』で戦線を立て直して押し切っちゃうんだから。すごいわね！」

「え？　えええええ、えと、あ、ありがとうございます！」

驚くとともに、イリーナが照れくさそうにお礼を口にした。

「わたしなんて、全然まだまだで。このルシアンくんに教わって魔法能力が格段に上がったんです」

ちらりとその先輩は俺を見ると、小さく笑った。

「そうなのね。まあ、今は敵同士で強さの秘訣なんて秘密よね」

どうやらこの先輩は、イリーナが秘訣を隠すために嘘をついたと思っているようだ。

「エーゲルとは明日の予定だったかしら」

「はい。模擬戦の四戦目です」

「お互い頑張りましょう」

「はい！」

イリーナはロックス学院の先輩と握手を交わす。

その先輩は次が試合だから、と言って練習場をあとにした。

赤髪のようにエーゲルは常にバカにされているかと思ったが、人によるのだな。

それか、イリーナの奮戦に学院の評価を改めたか。

ここにいる他の生徒たちも、どことなくイリーナの動向を気にしている節がある。

「一目置かれていますね、イリーナさん」

「え、嘘」

自覚がないのか。

まあいい。

「さっそくですが、さっき作ったこれを試してみたいと思います」

「杖って……もうイマドキの魔法使いは使わないっていうかぁ」

唇を尖らせて、イリーナは不満げだった。

「次の試合には、必ず要ると思います。簡単に言うと、魔法の威力と魔力消費を抑えると同時に、魔力の変換効率を上げたものです」

「うん？」

「一発の威力は落ちる分、たくさん撃てるようになる、といえばわかりますか？」

「なるほど」

「初戦を見て思いましたが、手数を多く出すというのは、かなり有効な戦術です。なぜなら、他のみなさんは、同じことをやりたくてもできないですから」

「けど、防御魔法が突破できないんじゃ……」

「それはイリーナさんの役割じゃないだけです。もっと適役がいるでしょう？」

「あ。ライナス？」

「はい。初戦の雪辱を晴らすつもりのようなので、きっと頑張ってくれるはずです」

やってみせたほうが早いな。

道具を使って魔法を放つなんて、どれくらいぶりだろう。

不思議な感覚ではあるが、杖を体の一部だと思えば、さほど苦労はしなかった。

『『ファイア』』

ブフォオ、と誰もいない方向に魔法は飛んでいって消えた。

うん。上々の仕上がりだ。

「あれ、いつもより、勢いが少ない……？」

「はい。魔力消費が格段に落ちているんです。たとえると、いつも手の平に集める魔力で先ほどの魔法を放ちますが、爪先ほどの魔力で、威力の落ちる魔法を放ちます」

コンバーターの真価は、単発ではなく連射性能とその魔力消費の低さにある。

「使うときはこんな具合にして」

杖を片手に持ち、大まかに狙いを定め、魔法を発動させる。

ボボボ――ボッボボボボ、ボボンッ、ボボボボッ！

面白いくらい火炎の弾が放たれた。

「なななななな、ナニソレぇぇぇぇぇ!?」

「とまあ、杖を使うとこれが可能になります。使用感でいうと、今のアレはイリーナさんの通常の一発よりもおそらく魔力消費は低いはずです」

「嘘……あんなにいっぱい撃ったのに？」

杖を渡してみると、しげしげ、と不思議そうに観察したイリーナは、杖に魔力を流す。

「道具を使うって、魔法学院に入る前レベルの魔法使いがやることだから、カッコ悪いしあんまり好きじゃないんだけどぅ……」

と、浮かない表情のまま魔法を発動させた。

「『ファイア』」

ボフン、ボボボボ、ボフォン、ボフン、ボォン！

俺に比べると、まだ魔力制御が甘いせいか不揃いの火炎の弾が飛んでいった。

「い、い————いっぱい出たぁあ！」

目を白黒させながら、イリーナは杖と飛んでいった火炎の弾を見比べる。

「どうですか？」

「さっき、いつも一発使うくらいの魔力を使ったんだけど……それで、あんなに？」

「はい。どうですか。コンバーターの力は」

「す、すごい……！　すごいよ、これ！」

見ていた他の生徒が腰を抜かしている。

「な、なんだよ、あれ!?」

「やべぇよ。エーゲル学院のイリーナ……台風の目になるぞ……」

イリーナの評価が爆上がりで非常に嬉しい限りだ。

「完璧です。イリーナさんは制圧射撃でフィールドを駆け巡ってください」

◇

模擬戦二試合目、開始一五分前。

杖を持ったイリーナとともに控室に入った。

魔法具使用に関して、他のメンバーも同じ反応だったが、戦術上効果的だと教えると納得してくれた。

「魔法省のお偉いさんたちは、いい顔しないでしょうけれど」

ソラルがひと言チクりと言う。

だが、負けてしまえば学院は解体されてしまう。

ソラルもそれを知っているから、それ以上ネガティブな感想をこぼさなかった。

「なりふり構わないってことね」

「はい」

初戦は戦術プランが固まっていたから控え室に顔を出さなかったが、今回は変更がある。

俺はイリーナと杖の能力を教え、ひとつ提案をした。

「ふふ、何よそれ」

ソラルは呆れたように笑っていた。

「おもしれーじゃねえか」

ライナスは真っ先に賛成してくれた。

他のメンバーも、相手が格上なのは承知していたので、普通にやるよりは俺の提案した戦い方のほうがいいだろうと判断してくれた。

イリーナとライナス以外は、精霊魔法を使っている。

俺の独自魔法を教えてもよかったが、付け焼刃になってしまえば元も子もない。

精霊魔法で可能な助言をしていくと、発動まで実にスムーズになったし、魔力を消費も減らすことができた。

ソラルの感触では、他学院に引けをとらないレベルらしい。

「自信を持ってください。みなさんは強いです。必ず勝てます」

俺がここで最後にできることは、もうこれくらいだ。

「よし。行くぞ！」

「「「おぉーッ！」」」

リーダーの三年生が言うと、みんなが声を合わせ、控え室をあとにする。

俺はソラルと遅れてやってきたゲルズとともに戦況を見渡せるフィールド脇のバッググラウンドに移動した。

「コッド学院……普段なら、戦闘不能にできるのは、一人か二人の強敵だ」

ゲルズが去年のことを教えてくれた。

「大丈夫よ、きっと。イリーナを中心としたちびっ子の戦術、たぶん大ハマりするから」

「ルシアンが考えた戦術……？　当初のものと違うのか？」

「はい。イリーナさんの消耗が激しかったので、僕が作った杖を使ってもらいます」

「杖なんて……まったく無粋な」

やれやれ、とゲルズは首を振る。

「そうかもしれませんが、イリーナさんが魔力切れを起こして戦線が崩壊すれば、この一戦はかなり厳しいはずです」

「なりふり構わないみたいよ？」

と、ソラルが補足してくれた。

「負ければどの道学院は解体される。結果が出るのなら、やっておいたほうがいい、か」

最終的にゲルズも納得してくれた。

今回の模擬戦は、草原フィールド。

ふうん、とソラルが鼻を鳴らす。

「草原なのね。フィールドの中では一番シンプルというかベーシックよね」

「ああ。見晴らしがいいから、変に小細工ができない」

と、講師二人は言う。

「であれば、余計に僕の戦術はハマるはずです」

なんと言っても今回の戦術の軸は、圧倒的手数――。

開始の鐘が鳴る。

エーゲル学院は、最前列にライナスが一人、後ろにイリーナが控える。イリーナの左右には三人ずつ配置され、最後列には二人という極端な陣形だった。

敵側は、半円を描くように一人一人が配置されている。

正面左右から魔法を浴びせようという作戦だろう。

そのうち一人が防御壁を構築していった。

最前列のライナスが動くのに合わせて、全員が動く。

「な。近接が得意なライナスだけじゃなく、全員――!?」

ゲルズが目を剥いている。

「あんな密集していては、いい的だ！」

案の定、魔法がそれぞれから放たれる。

イリーナが魔法を発動させた。

「イリーナ、見せてやんなさい！」

柄にもなくソラルが声を上げると、息を尽かせぬ『ファイア』の速射がはじまった。

ボン、ボボボボン！　ボボン！　ボボン！

「だ、弾幕……だと⁉」

イリーナの魔法によって、敵の攻撃が次々に撃ち落とされていく。

「あ、あり得ない！　あんな速度で放つなんて」

「ゲルズ先生。それを補助しているのが、あの杖なんです」

「なんなんだ、あの杖は⁉」

「面倒なのであとで説明しますね」

かゆいところに手が届かないといった表情のゲルズは、フィールドに目を戻す。

「あんなにたくさん撃てば、魔力消費は尋常ではないはず！　攻守の要だろう、イリーナは⁉」

うろたえるゲルズに反して、メンバーに浮足立った者は今のところいない。

陣から単独で先行したライナスが、防御壁を自慢の『リビルド』の魔法で破壊していく。

ドゴン、ボゴン、とクッキーか何かのようにボロボロにしていった。

「――今だぁぁぁぁぁぁぁぁああ！」

デカい声でライナスが叫ぶと、あらかじめ詠唱に入っていたイリーナ以外のメンバーが一斉に魔法を放った。

イリーナの弾幕が防御から牽制に変わり、簡単に魔法を使わせない状況を作っている。

防御用の壁は粗暴極まりないやり方で破壊され、攻撃はもちろん、防御も回避の魔法も間に合いそうになかった。

ドォン！　ドガァン！

エーゲル学院の攻撃魔法が着弾する。

濛々と砂煙が立ち上り、ビーッ、ビーッと失格を示す音が鳴る。

わっと観客席が大きく沸き立った。

二人脱落。残り八人だ。

「く、クッソ！　エーゲルのくせにぃぃ！」

「あんまナメてんじゃねえぞ、オラァァァァァア！」

次の魔法を放とうとしたコッド学院の選手に、犬歯を剥き出しにしたライナスが襲い掛かる。

「ウラァア！　オッラァアア！」

ドゴン、ドゴッ、とライナスの拳が敵を捉える。

すぐに脱落の音が聞こえた。

「あはは！　野蛮すぎよ、ライナス」

ソラルが手を叩いて笑っていた。

「あれが、魔法使い……エーゲル学院の、代表……」

ゲルズはこめかみを押さえて悩ましげなため息をついている。

「魔法を使って敵を倒す。ルールの範囲内です。あれは誰もやらないしできないやり方です」

また次の敵に狙いをつけたライナスだったが、後方から急旋回した魔法に気づかなかった。

それをイリーナの速射魔法が撃ち落とした。

「気をつけてね！」

「悪ぃ！　助かったぜ」

　よしよし。

　俺の独自魔法を覚えたライナスが活躍してくれるのは、とても嬉しい限りだ。

　弾幕による防御、敵への牽制をイリーナが一手に担い、他の仲間が攻撃のみに集中。

　ライナスは、攻撃を妨害する要素の排除と陽動。

　ソラルの言ったようにプランが大ハマりしていた。

「なんなんだよ、こいつら!?　ちゃんと魔法の撃ち合いをしろよぉぉぉ！」

　また一人断末魔を叫ぶと脱落していった。

「うわぁあああ!?」

　混乱した一人が背を向けて逃げ出し、コッド学院から無力感が漂ってきた。

　攻撃魔法は敵の誰一人逃がさなかった。

　いつの間にか、イリーナの魔法が完全に沈黙している。魔力切れを起こしたらしい。

　予想よりも早い。

　緊張と興奮のせいもあっただろうな。

　ばしばし、とゲルズが俺の肩を叩いてくる。

「ほら見ろ、イリーナの魔力が切れたぞルシアン！　どうするんだ!?　あんなにたくさん撃たせるから！」

鬼の首を取ったように言うが、大モニターを見てほしい。

「そうかもしれませんが、もう勝ちますよ？」

残りは二人。

あ、今ライナスが一人を殴り倒した。

「ダハハハハハハ！　オレのことをトラウマにしてやろうかぁぁぁぁぁあ!?」

なんて野蛮なのか。

合計三人を撃破していたライナスは有頂天だった。

八人の攻撃魔法が一人に集中し、そこで脱落を知らせるブザーが鳴る。

エーゲル学院対コッド学院……序列最下位と三位の模擬戦は、エーゲル学院がパーフェクトで勝利した。

「よぉぉぉぉぉし！　あと二勝よ！」

ソラルがガッツポーズをすると、呆然とゲルズがつぶやく。

「や、やったぞ……パーフェクトだ。コッド学院に」

「あんたの思った通りの試合展開だったわね」

ソラルが頬を上気させながら言った。

「ここまで上手くいくとは思いませんでしたよ。メンバー全員がこれまでやってきたことの証明です」

イリーナとライナス以外には、動きながら魔法を放つ特訓をしてもらった。

選考会を見たところ、全員が足を止めたまま魔法を使う習慣があった。
他学院がどうかわからないが、少なくとも実戦中に足を止めるなど言語道断。
ただの的にしかならない。
であれば、多少なりとも動きながら魔法を放つ訓練は、実戦において有効なのだ。
こちらのほうへメンバーが戻ってきた。
ソラルが全員とハイタッチをする。
パチン、パチン、といい音が鳴った。

四章

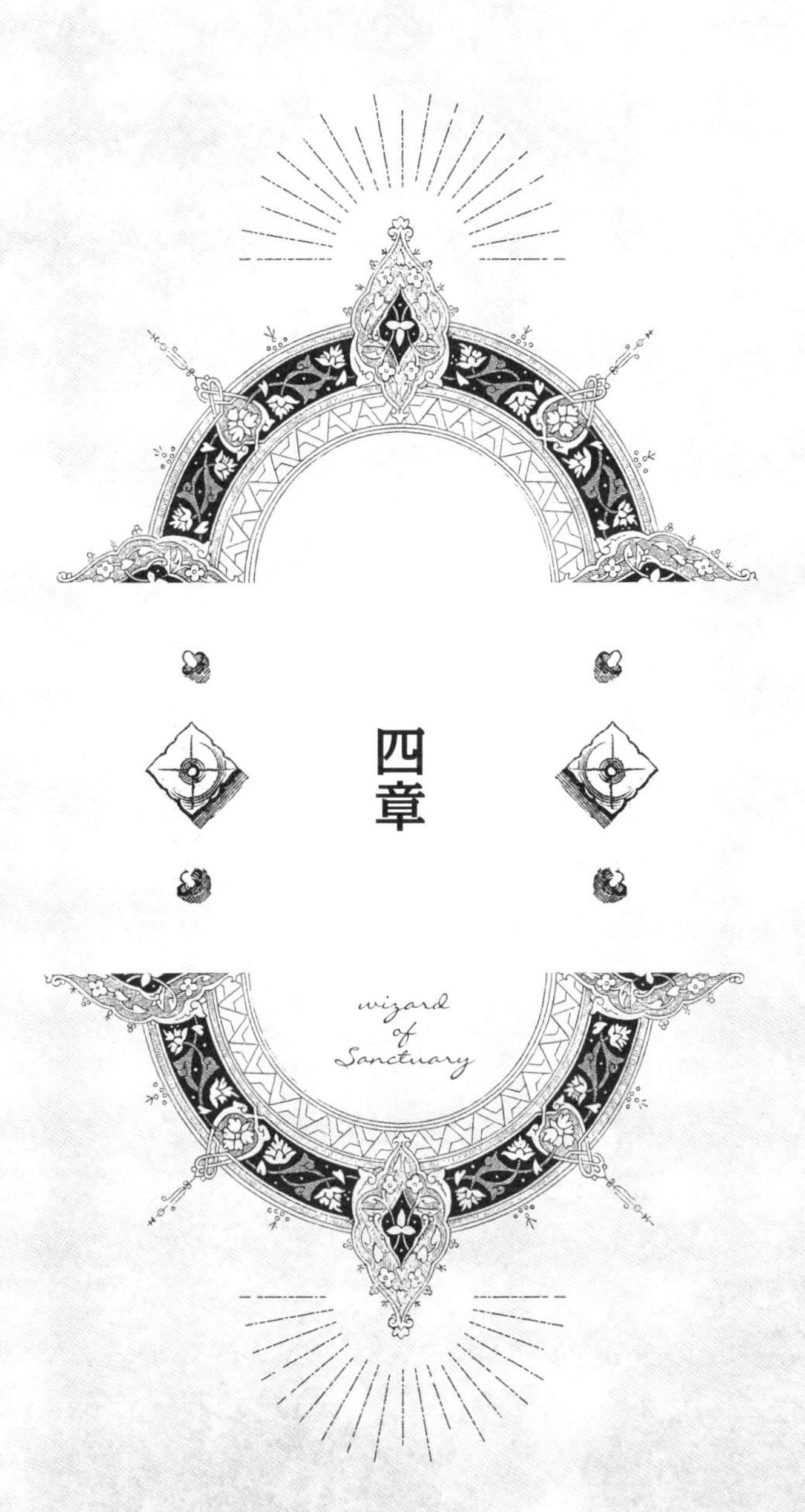

初日の日程を終えた頃には、もう夕方となっており、俺たちは下宿先の宿に帰った。

あとは、食事をして寝るだけ。

下馬評を覆す連勝に、みんなの表情は明るかった。

普段なかなか来られない王都というのもあっただろう。

昨日あった緊張感も少しゆるんでいて、みんなには解放感があった。

「カッカッカッカ！　コッド学院の学長の顔ときたら――！　みんなにも見せてやりたかったわ！」

カカカ、とカーンは関係者席で観戦していたときのことを教えてくれる。

「口を開けたままで、顔面は白くなったり青くなったり、怒りで赤くなったりしておってな」

よっぽど愉快だったらしく、カーンは酒が入るとさらに饒舌に語った。

捕まったゲルズが、その話を何度も何度も聞いている。

「はい、そうでしたか。なるほど……」

同じ話を繰り返すカーンに相槌を打つゲルズ。

あれはあれで大変そうだな。

「あれ、すごかったよ、ルシアンくん。魔法を撃ち落とす魔法なんて、全然発想になかったもん」

「杖だって、使い方次第です」

「今日のコッド学院戦のあれを見て、魔法具に対する考えも少し変わるかもしれないわね」

と、ソラルが機嫌よさそうに言う。

あの圧勝劇を見て、魔法省のお偉いさんも解体という考えを改めてくれればいいのだが。

最悪でも決定を保留させるくらいにはなってくれればと思う。

「ちびっ子でしょう、あれ作ったの」

「コンバーターです」

「そう、それ。いつの間に作ったのよ」

「初戦が終わったあと、町の武器屋に行って……」

「え。今日作ったの⁉」

「はい」

少し黙ると、ソラルは不敵な笑みを覗かせる。

「もう一本あれば、チョロいんじゃないの？　模擬戦」

「でしょうね」

俺も笑みを返す。

「なんか、ソラルちゃんとルシアンくんが、悪巧みをしてる……」

「勝てばいいのよ、勝てば。でないと――」

「……でないと？」

あ、と気づいたソラルはおほん、とわざとらしい咳払いをした。

「ともかく……今日はイリーナの力と杖で連勝したけれど、明日は序列一位のロックス学院との一戦があるわ。そこで負けちゃったら全部オシマイなんだから、気合い入れなさいよね」

またソラルが口を滑らせた。

ぽかん、とイリーナが首をかしげる。

「オシマイ……？　もし明日連敗したとしても二勝二敗。物足りないかもしれないけど、当初の予想からすれば十分な成績なんじゃないかな」

「え？　あ、えっと、そ、それはぁー」

困っているソラルに、俺は助け船を出した。

「イリーナさん、ソラルさんは全勝するつもりで気を引き締めろ、と言いたいのです」

「そうよ、それよ！」

我が意を得たり、とソラルはビシっと指を差した。

「さすがに負けるつもりで戦わないよ。だから明日も頑張る」

にこっと笑顔でイリーナは拳を作った。

「いいよな、イリーナは。魔法省の人や他の貴族たちにも名前覚えられただろ？」

と、ライナスがボヤく。

「どうかな。結局杖がすごかったって話にまとまりそう」

「おい、ルシアン、オレにも作ってくれよ。杖じゃなくていいからよぅ」

「時間があれば作ります」

「うっし、よっしゃぁ！」

道具に頼るのは好ましくないが、ここ一番であれば問題はないだろう。

「イリーナさんのコンバーターとあの戦術はすでに披露してしまったので、明日は対策をされるでしょう。同じ手は通じないと思ったほうがいいと思います」

話の流れで、食事が終わると明日の三試合目と四試合目の打ち合わせとなった。

ある程度のところで話をまとめ、早いうちに解散となり、それぞれが部屋へと戻っていった。

俺とイリーナ、ソラルの三人も部屋へ戻った。

「明日の午前中は時間があるでしょ？　ちびっ子、付き合ってちょうだい」

「じゃあ、わたしもー」

「あんたはヘトヘトでしょう。昼から試合もあるし、明日は宿で大人しくしてなさい」

「はぁーい」

渋々といった様子でイリーナは唇を尖らせた。

「何か用事ですか？」

「まあ、ちょっとね」

学院の状況についてのものだろうか。

ここで言わないということは、イリーナやメンバーに聞かれたくない話なのだろう。

「わかりました」

了承すると、イリーナとソラルが荷物を漁り着替えを準備していた。

「ルシアンくん、お風呂一緒に入ろ」

「え」

「あんたね……このちびっ子をなんだと思ってるワケ？」

呆れたようにソラルが言う。

イリーナは、幼ければ男の子でも女風呂に入ってもいい、というような考えらしい。

「イリーナさん、さすがに遠慮させてください」

「えぇー。一緒のほうが楽しいよ？」

イリーナは、俺のことを幼い弟か何かだと思っているのか？

「一緒には行きますけど、浴場は男専用のほうに入ります」

「みんな気にしないのに～」

「私は気にするわよっ。普段こんなだけど、これでも男の子なんだから」

ソラルの意見に全面的に賛成だった。

見た目は六歳児でも、中身は酸いも甘いも知った大人だからな。

「そうやって断固拒否しているあたり、ソラルちゃん、もしかして――」

イリーナがいたずらっぽく目を輝かせる。

「も、もしかしてって、何よ」

「ルシアンくんのこと、男の子として意識してる――とか」

「な。なわけないでしょ！　こんなちびっ子、ないない」

もしそうなら、俺もさすがにどうかと思うぞ。

ソラルとは八歳も離れている。大人になってからの八つと幼年期の八つではまるで違う。

イリーナに至っては一〇歳だ。

たしかに、歳の離れた弟として扱われても仕方がないのかもしれない。

ん？　部屋の外に気配がするな。

男子数人が扉の付近で聞き耳を立てているらしい。

扉に『集音』の魔法を使ってみると、ひそひそとした話し声が聞こえた。

「お、おい、押すなよ」

「イリーナ今から風呂入るって？」

「ソラルちゃんも今から風呂らしいぞ」

女子は他に三人いるが、この男子たちにとってはイリーナとソラルの風呂に魅力を感じるらしい。

初日が終わってくたくたなのかと思えば……。

呆れるというか、これが若さなのかと思わずにはいられない。

どうしようもないやつらめ。

この場で足を止めさせるような魔法を使おうかと思った瞬間、声は聞こえなくなり、気配も消えた。

風呂場に先回りしたな？

俺は一度ため息をついた。

「ルシアンくん、早く行こうー？」

「入口までなら一緒に行ってあげるわ」

と、二人に促される。

「お風呂が覗かれるかもしれません」

「え？　男子に？」

イリーナが眉をひそめた。

「はい」

「見つけたら……」

ソラルが、ボン、と拳を開いて見せた。

……ボン、か。

過剰防衛のような気もするが、乙女の素肌を覗くのは、それくらいの行為らしい。

「わたしも、ちょっと回復したから一発くらいなら『ファイア』発動できるよ」

バカな男子を撃退するためにせっかく回復してきた魔力を消費してほしくないな。

扉の向こうにいた男子たちはもういない。

おそらく、すでに風呂場で待ち構えているだろう。

いいだろう。二人の素肌は俺が守ろう。

もし覗きがバレたら、イリーナは魔力を無駄遣いしてしまう。

ソラルの過剰防衛のせいで男子数人が明日の試合に出られなくなるかもしれない。

二人を覗かれないようにすれば、無駄な魔力消費も過剰防衛も避けられる。

お風呂グッズと着替えを胸に抱いた二人は部屋をあとにする。

グレードによっては部屋にシャワー室があるようだが、この宿はなさそうだった。

貴族の息子や娘を預かっているのに、変なところで節制をしているのだな。

まあ、エーゲル学院は序列最下位とされている。

もしかすると、魔法省から出る予算もかなり限られているのかもしれない。

風呂へ続く扉の前にやってくると、イリーナが中を確認する。

「…………いない……？」

半目をするイリーナの警戒心はマックスだった。

「そんなはずはないわ」

ソラルが首を振る。

なんでそんなに言い切れるんだ。

俺が不思議に思っていると、ソラルは口を開いた。

「こんな美少女がお風呂に入るのだから、覗こうとしないはずがないもの」

まあ、その通り覗こうとしているのは確かだから否定はしない。

だがよくもまあそこまで自信が持てるものだ。

俺が感じた限りでは、イリーナが目的のような気がする。

ソラルはおまけというか。

「では、僕はこっちなので」

「うん。じゃあ、またね」

イリーナが笑顔で手を振る。

「とか言って、あんたが覗くんじゃないでしょうね？」

と、ソラルが釘を差してくる。

「覗かないですよ。どうやって覗くんですか？」

「わからないわよ。でも、よくわからない魔法を使えば、どうとでもなるんじゃないの？」

仰る通り。

姿を隠したり、自分の気配を消したり、誰かの気配を探ったり、音を拾ったり……。

覗くために利用しようと思えば使える魔法はたくさんある。

「そんなことのために魔法は使わないですよ」

「……ふうん。ならいいけど」

そう言ってソラルも脱衣所のほうへ姿を消した。

さて。

バカどもの様子を探るとしよう。

俺も脱衣所に入って『探知』の魔法を発動させようとすると、外の露天風呂にライナスと他三人が隣を覗こうとしていた。

……魔法を使うまでもなかったな。

服を脱いで彼らのところへ向かう。

「結構広いんだね～」

「私の実家にはも一っと大きなお風呂あるわよ？」

「そうなんだ」

イリーナとソラルの会話が隣から響いてくる。

「ライナスさんたち、何してるんですかー？」

俺はわざとらしく話しかけた。

「ぶはぁ!? おま、で、デカい声出すんじゃねぇ！」

驚いたライナスが、俺以上に大声を出した。

しー、しー、と他の人たちが人差し指を立てる。

「「…………」」

女風呂の会話が止んだ。

不自然なくらい何も話さない。

「あのな、ルシアン。男はやらなきゃならねえときだってあるんだ」

真面目な顔でライナスが説明をする。

男女を隔てるこの壁のむこうを覗くことが男のやるべきことらしい。

思春期だなぁ、と俺は半ば呆れていた。

「ソラルちゃんがきちんと成長しているか確認するだけ」

「イリーナは隠れ巨乳の噂の真相を確かめなければ……」

「覗かないとか、むしろ失礼では」

と、バカどもはそれぞれの動機を語る。

「頼むよ、ルシアン。ちょっとの間だけ静かにしててくれ。な？」

持て余した性衝動を発散したいらしい。

俺が何度目かわからないくらい呆れていると、四人はそれぞれ壁をよじ登ったり、隙間を見つけたりとベストポジションを探した。

このままでは二人の素肌が見られてしまう。

俺は『煙幕』の魔法を使う。

女風呂の中に場所を指定し発動させた。

「よぉし、これで見え……。——あれ？」

「ゆ、湯煙……!?」

「んだ、これ！」

「シルエットも見えねえ！」

ベストポジションでそのときを待っていたライナスたちは不満を口々に漏らした。

しばらくこれで見えないだろう。

ふー、ふー、と煙をかき消そうとライナスは口で吹いている。

「ダメだ、らちが明かねえ」

「オレに任せろ……！」

「何する気だ!?」

「風魔法で、この湯気を吹っ飛ばしてやるぜ——！」

明日も試合というのを忘れていないか……。

「風の精霊よ――この湯気を晴らして女風呂を覗かせたまえ！」
そんな詠唱じゃなかっただろ。
「『エア』――ッ」
下心の力というのはかなりの力を持っているらしい。
めちゃくちゃな詠唱だったにもかかわらず、発動した。
どうせ何も起きないだろうと高をくくっていた俺は焦った。
マズい！
『エア』は程度によるが風を巻き起こす初級魔法のひとつ。
炎や煙の風向きを変えることに使われる。
このままでは俺『煙幕』が風で流される。
そうすれば、イリーナとソラルの裸がはっきりと見られてしまう。
いいだろう……。
神域の魔法使いとされた俺も本気を出さざるを得ないらしいな。
『マジックキャンセル』
魔法効果を無に帰す魔法だ。
ここで問題なのは俺の『煙幕』もその対象となることだ。
だが、ここで俺はさらに魔法を重ねがけした。
『フラッシュ』

ビカ――――ッ！

太陽よりも眩しい光が男子たちに照り付ける。

「「「うぎゃぁぁあ、目がぁぁぁぁぁ!?」」」

よし。

しばらくは何も見えまい。

「くっそ、目がダメなら耳を澄ませ……。想像を働かせれば、ほら、そこにイリーナが……」

「ほんとうだ。ソラルちゃん……、成長したんだね……」

「噂は、噂は本当だったんだ！」

「音だけでも十分いけるんだが」

新しい楽しみ方を覚えてしまっていた。

もうダメだこいつら。

念のためにもう一度『煙幕』をしておこう。

……そういえば、二人とも何も話さないな。

『探知』の魔法を発動させる。

ん？　向こうには誰もいない――？

こちらのほうに二人が入ってくる。

ばっと振り返ると、そこには部屋着のままのソラルとイリーナがいた。

目がまだよく見えないライナスたちは、妄想の虜になっている。

「おいおい、イリーナ……なんてエロい体してんだ」

「ソラルちゃんは成長過程なんだね……グフフ……」

「山脈隠してんじゃねえよ、まったく……」

「風呂じゃなくても全然問題ないな」

イリーナとソラルは、軽蔑と嫌悪が混ぜられた冷たい目をしている。

「気持ち悪……っ」

「死になさい」

殺気立っている二人。

イリーナはデッキブラシを持ち、ソラルは魔法発動の詠唱をはじめた。

「火の精霊よ――いいえ、この際どんな精霊でもいいわ。モラルの精霊、女の子の精霊――あの覗き魔妄想ヘンタイ集団を消し炭にしてくれたまえッ！」

俺が見た中で一番魔力が込められていた。

過去一の火力だ。

そんな魔法が妄想でトリップしている男子たちに向かって放たれた。

「ん？　なんかさっきと違う光を感じる」

「ソラルちゃんの背中から光が……。天使？」

「これが、俺たちの楽園……？」

「この宿屋、至れり尽くせりだな」

ギュオン、とソラルが放った何属性かわからない魔法。

色が真っ黒だったので、強いて言うなら嫌悪の魔法だったのだろう。

凄まじい轟音が響き、ビュォォと爆風が巻き起こり、水しぶきが上がった。

「「「「うぎゃぁぁぁぁあ!?」」」」

同時に悲鳴が聞こえた。

湯気が晴れると、四人とも風呂に浮かんでいた。

俺は黙とうをささげた。

残念だが、当然の結果だった。

「本当に覗こうとしてたんだね……」

「万死に値するわ」

「お風呂に入ったんじゃなかったんですか?」

部屋着のままの二人に俺は尋ねた。

「誰もいなかったから、本当に覗いているのか試しにそのまま入ってみたの。そしたら……」

イリーナは、ケツを突き出して浮かんでいる四人にゴミ虫を見るような目をする。

「明らかにそれっぽい声や気配がしたから、入るのはやめたのよ」

ふん、とソラルは爆風で乱れた髪を振って元に戻す。

「賢明な判断でしたね」

「でも、煙が出たり、すごい光りがいきなり出たりしたあれは……」

「……もしかして？」

イリーナとソラルが身に覚えのない魔法の発動者を探す。

「どの道、あの人たちには見えなかったわけですね」

想像の中ならどうとでもなるだろうが。

頭の中だけなら許してやってほしい。

それを口に出すと気持ち悪いが。

「ちょうどいいから今のうちに入ろう、ソラルちゃん」

「そうね。バカがおねんねしている今がチャンス」

そう言って二人は女風呂のほうへ戻っていった。

手早く済ませたのか、一〇分ほどで二人の気配は消えた。

「あれ……？　夢……？」

気がついた男子たちは、首をひねっていた。

妄想と現実の区別がついていなかったらしい。

イリーナとソラルは、しばらくこの四人とは目を合わせないだろうな。

競技会二日目の朝。

宿屋での朝食を済ませると、俺は誘われていたソラルと一緒に町に出かけた。

体力を温存するため、イリーナ他メンバーは宿屋で過ごすように言われており、ゲルズが今彼らのそばにいる。

王都に来たのだから観光したいと思っているメンバーも多い中、こうして外出するのは少々気が咎める。

その代わりといってはなんだが、ロンを宿屋においてきた。

イリーナに暇なら相手をしてほしい、と伝えてある。

ソラルの案内でやってきたのは、大通りから少し離れたところにあるオープンテラスのあるカフェ。

「ここよ。久しぶりだわ」

王都で宮廷魔法士をしていたころは、よく通っていたという。

店員が来店を察して扉を開けて中に招いてくれた。

「おはようございます。ソラル様、お久しぶりでございます」

給仕の紳士が恭しく礼をする。

「おはよう。もう一年以上来てなかったものね」

簡単な挨拶を交わし、案内された席に座る。

大きな窓ガラスから光りがよく入るため、店内がすごく明るく感じた。

瀟洒なイスにテーブル。クロスも上質のものなのだろう。

脇に置いてあるカトラリーも、高そうな銀製のものだった。

「……ソラルさんって、なんというかテンプレートなお金持ちって感じですね」

「はぁ？　何を言ってるのよ、今さら」

呆れたようなソラルは、俺の分もオススメだという紅茶を注文してくれた。

運ばれてきた紅茶に口をつける。

こちらも当然のように上質な茶葉を使っているのだろう。

じゃ、じゃ、と砂糖をソラルは目いっぱい入れていた。

「ん」

と、ソラルは砂糖用のスプーンを渡してくるが、断った。

「ストレートで構いません。せっかくの紅茶が台無しです」

「ぐっ……。か、カッコつけるんじゃないわよ」

こういった店を知っていてお金の使い方も知っているソラルだが、味覚はまだまだ子供らしい。

香りと味を楽しんでいると、ようやくソラルは話を切り出した。

「昨日二連勝したでしょう。魔法省の人たちもエーゲル学院を見る目は変わったみたいよ」

「そうでしょうが……というか、そうであってほしいですが、どこからそんな話を？」

カーンだろうか。

「ゲルズは現在も魔法省所属で私は元魔法省所属で、二人とも元は宮廷魔法士だから、それなりにコネが残っているのよ」

なるほど。当時の知人に客観的な話を聞いたのか。

「あんたが教えている魔法、あのおかげでイリーナが凄まじい戦績を残している。けど一般的な魔法とは違うって魔法省も気づいているわ。それがわからないほど、あの人たちはバカじゃないから」

イリーナがあれだけ俺の独自魔法を派手に使って目立ったのだ。

わかる者が見ていれば、従来式とまったく違う理だというのは気づいただろう。

「……どういう類いの話ですか?」

「端的に言うと、あんたの独自魔法は、異端視されかけている」

俺の魔法を広めたいがためにイリーナに教え込んだが、イリーナにとってはよくなかったのかもしれないな……。

「確かにすごいわよ、あんたの魔法。けど、頭の固い魔法省の人にとっちゃ、あれは薬というより毒なのよ」

「刺激が強すぎる、と」

「そういうことね」

「異端が常識となるには、まだまだ時間がかかりそうですね」

エーゲル学院解体の窮地を脱しさえすれば、地道に布教していけばいいか。

「本当だったら、魔法省の人たちももう少し鈍感でもいいのだけれど、今は状況的に敏感にならざるを得ないみたい」

「状況的に?」

そう、とソラルは一度うなずく。

言葉を選ぶように、一度カップに唇をつけて、そっとソーサーに戻す。

こういった所作は、ソラルも貴族なのだなと思わせる品があった。

「現魔法省の体制に不満を持っている過激派がいるのよ。いわゆるテロリストね。事件を起こして自分たちの言い分を聞かせようとする武装集団で……」

「テロリストと異端魔法ですか」

「そのふたつが結びつくとは思えないけれど、もしそうなったら、国のありようが覆されてしまう。通常の武器で武装しているだけだから、今のところ制圧にそこまで苦労はしないみたいだけれど、厄介なのは確かかね」

精霊魔法が使える者と使えない者では、圧倒的に使えない者のほうが多い。

貴族と非貴族の割合と言ってもいい。

「魔法省は、自分たちが認めない者同士が結びつかないか、戦々恐々としているってわけ」

「だから、その魔法を使っているイリーナさんやライナスさんも、認められない、と？」

「……うん。そういうこと」

俺がやってきたことは、イリーナやライナスにとってはマイナスになってしまいそうだ。

異端ではないという証明ができればいいのだが、そもそも理を別に魔法を発動させている。

原理が違えば、なるほど、たしかに異なる教えと断じることができるだろう。

こうやって新しい可能性の目を摘んできた、というわけか。

「市民に危害を加えるテロリストじゃないみたいだから、そのへんは安心できるのだけれど……」

うっすらと競技場からの鐘が聞こえる。

今日最初の試合がはじまったようだ。

ソラルは現状の報告をしたかったらしい。

それも終わったようで、昨日俺が譲ってもらった杖の話になった。

王都に詳しいソラルは、俺が覚えている限りの場所を教えると、すぐにピンときたようだ。

「ああ、あそこはいいお店よね。熟練の冒険者たちも通うし、修理やメンテナンスもあそこで頼んでいるみたいよ」

「貴族は嫌いみたいでしたが」

ふっと俺は苦笑してみせる。

「貴族好きな平民のほうが珍しいから仕方ないわよ」

とソラルが言うと、ふと外に目をやった。

「……？　また鐘？」

そうぽつりとつぶやく。

耳を澄ますと確かに聞こえる。

開始の鐘が。

終了を知らせる鐘の音はまた違うので、開始のものだけが鳴らされている。

「おかしいですね。終了の鐘と間違えているんでしょうか」

「そんなはずないわ。何度も鳴らされているもの」

不思議に思って俺は店の外に出てみる。

鐘が何度も鳴らされていた。

競技会場の方角を見上げると、うっすらと煙が立ち上っていた。

「……誰かの魔法かしら」

「いえ。あれは火災のものでしょう」

今は白くてもすぐに黒煙に変わるはずだ。

「アリーナで何か起きています」

「か、火事!?　それなら魔法でさっさと消さなくちゃ」

……。

「ソラルさんは宿にいるみんなに外出しないように伝えてください」

そう言うと俺は走り出した。

「ちょ――！　どこ行くのよ！」

「アリーナのほうに行って様子を見てきます！」

まだ何かを言うソラルを無視して、俺は足を急がせた。

Side Another

アリーナ全体に火の手が回りはじめた。

会場は混乱に陥り、そこかしこから悲鳴が聞こえる。

「逃げろ、逃げろ！　ロクに戦いもできねえくせに威張り散らしやがって！」

武装集団「暁」のリーダーは、槍の柄の部分で綺麗に整った床をガンガンと叩いて煽る。

「暁」は、国王他魔法省の要人が集まるこの競技会を狙って、テロを起こした。

魔法を習得していようが、同じ人間。

混乱してしまえば、簡単に魔法なんて使うことはできない。

それに、計画通り放った発煙筒や煙幕が効いていて、アリーナのフィールドでも視界が非常に悪い。

魔法を離れた場所から狙うことなんて誤射覚悟でないと無理だろう。

リーダーは全体を見渡すため、すでに誰もいなくなった観客席にのぼった。

「リーダー、Aは逃したが、BとCの確保に成功した」

鉢がねを額に当てた男が煙の中に現れて報告をした。

「よし」

Aは国王。

さすがにこれは無理だったが、B、Cは魔法省の長官と副長官の二人だ。

魔法というのは、隙がいくらでもある。

戦場帰りのリーダー他仲間たちは、それをよく承知していた。

戦場に出れば、誰かのサポートがなくては発動できないのが魔法だ。

それなのに、この国では、魔法が絶対的なものとして扱われており、しかも貴族でないと魔法が使えず、また学ぶことさえできない。
違和感だらけのこの国を、リーダーは変えたいと本気で思っていた。
……半年前。
アリーナの内部図面を手に入れたとき、今日の襲撃は決まった。
爆発物を仕込む場所や、混乱した観客席の民衆、関係者たちを誘導させる経路。
毎年王や学院関係者、魔法省の官僚が座るであろう席……。
どれもその通りだった。
おかげで「暁」のメンバー三〇人ほどで楽に襲撃ができた。
「こっちだ！　こっちならまだ火の手は回ってないぞ！」
あの声は、よく知る「暁」のメンバーだ。
民衆になりすまして、無関係な人間を外に逃がす役割を負っている。
煙の合間に一般市民がどんどん退避していくのが見えた。
学院の生徒は、この競技会運営からすると将来を担う金の卵。
まず真っ先に非常口のあるほうへ関係者に案内をされていた。
「今のところすべてが思い通りだな」
鉢がねの側近の男はつぶやく。
「まだだ、油断するな」
魔法省の長官、副長官を押さえたのは大きい。

「暁」の思想は貴族絶対主義の撤廃――。

魔法省の官僚を捕まえたとて、それが叶うかはわからない。

だが、そういった輩が存在し、自分たちの脅威であると知らしめる必要があった。

『魔法が使えないのなら虫けら同然』

これが彼ら貴族の優生思想。

ご大層ぶっているその魔法は、この通り、思わぬ出来事には何も対応できない。

魔法知識の開放と、非貴族の登用。特権階級と一般市民の隔たりを減らすこと。

これが「暁」の行動原理だ。

リーダーは、これが貴族優生思想を変えるものだと信じていた。


ゴォウッ！


煙の中から真紅の弾が飛んできた。

鉢がねの男とリーダーは、一瞬驚きはしたが難なく回避をする。

「最近噂のドブネズミってのは、おまえらのことかァ!?」

煙の中から一人学院生が現れた。

「……ロックス学院の」

鉢がねの男が制服を見てつぶやく。

赤い髪が印象的な少年だった。

「火の精霊よ――」

「使わせるわけないだろうがッ」

鉢がねの男が剣を抜き斬りかかる。

「ルァッ！」

気合いとともに剣を一閃。

リーダーから見てもその一撃は完璧で、魔法使い程度が避けられる目を持っているとは思えなかった。

だが。

その少年は将来を嘱望された天才であり、ただの魔法使いではなかった。

ロックス学院で赤髪の少年といえば、思い当たる人物は一人しかいない。

その界隈に疎いリーダーですら噂を耳にしたことがあった。

「『陽炎』……どうだドブネズミ！　おまえらが攻撃しようとしてもオレには絶対に当たらない！」

クハハハ、と少年は高笑いを響かせた。

確実に斬ったと思ったはずが、赤髪の少年は、いつの間にか数歩ほど左へ移動していた。

「なら、当たるまで攻撃するのみッ」

「単純だなッ！　勉強したこともねえだろ!?」

鉢がねの男の斬撃は、またしても赤髪の少年には当たらず。

今度は別の位置へ移動していた。

「おっさんたちドブネズミには、何が起きてるかわかんねえだろうな!? 学もねえ金もねえ地位もねえ責任もねえ！ だからこんなクソみたいなテロが起こせるんだろッ！ 競技会をなんだと思ってんだ！ ァアン!?」

「粋がるな、ガキがッ！」

また斬りかかろうとした瞬間、鉢がねの男が突如炎上した。

「ぐあぁぁあああ!? あ、ああああああ、う、ああっわわあああああ!?」

「るせえよ。燃えるくらいなんだよ」

赤髪の少年はゲシ、と転がる鉢がねの男を蹴る。

ゴロゴロと転がり、服を脱ぎ捨てどうにか炎から逃れていた。

「あれくれぇ、ほんのちょっと詠唱すりゃできるんだぜ？」

「……」

リーダーは、この赤髪の少年の脅威度を改めた。

ロックス学院のフィリップ。噂に違わぬ魔法使いだ。

「魔法を放つために呪文を唱える……これをオレたちは戦場ではまるで役に立たない足手まといだと決めつけていたが……君は違うらしいな？」

「安心しなよ。そいつが無能だったたってだけだぜ」

獰猛な笑みを浮かべて、赤髪の少年は悠然と近づいてくる。

リーダーは槍を構えた。

「ハァァァッ！」

気合いとともに、最速の刺突を見舞う。

「……『陽炎』。…………当たらねんだよ」

やはり移動していた。

だが、何度も見ていれば、それなりに分析はできる。

あんなに魔法の発動が速いのも、これなら納得がいく。

「ラァァア！」

不自然に煙が晴れない場所があった。

リーダーはそこ目がけ槍を薙いだ。

「ッ――！」

そこからたまらず赤髪の少年が出てきた。

ふっ、とさっきまで悪態をついていた少年は消えてしまった。

「戦場に出たこともない童貞が大人をナメるな」

手品みたいなものだ。

あらかじめ、あの『陽炎』とかいう魔法で自分の偽物を投影しておく。

攻撃が当たっても被害がないのも当然だ。

そして、また別の場所に偽物を登場させる。

そうして、何か得体の知れない魔法を使ったのだとこちらに思い込ませた。

魔法の詠唱も、本体があらかじめ行っていたのだろう。

フィリップは舌打ちをした。

「……クソ！」

「貴族の少年。槍の錆びとなるがいい――」

リーダーは三連続の突きを放つ。

「あっ、わぁあ」

さっきまで自信満々の表情も崩れ、フィリップは情けない声を上げてなんとか攻撃を回避した。

這いずるように逃げていくと、フィリップは鉢がねが落とした剣を手にして構えた。

「どうした。足が震えているぞ。スプーンより重い物は持てないのか？　重いだろう、剣は」

「だ、黙れ。平民以下のテロリストが！」

「そういう考えをするくせに、最後にすがったのは、魔法ではないのか。なんと情けない」

ザザザザ、とリーダーは小走りで迫る。

「魔法使いが剣を構えるなど笑止！　魔法使いとしてプライドはないのだな、君はッ！　学院で一体何を教わっていた!?」

一喝するようにリーダーは吠える。

「うッ、ウァァァァア！」

やぶれかぶれに斬りかかってくるフィリップ。

なんと哀れなのか。

こうして戦場で死んでいく者を、何人も何人も何人も見てきた。

この少年も、得意魔法が破られれば、すがるのは転がっていた剣。

「怖いだろう。これが、戦うということだ少年。それもこれも現体制……魔法省の考えがおかしいが故のこと。魔法使いといえど、もっと柔軟に臨機応変に対応できる力を身につける必要があるはず……。いずれ『暁』がそれを変えてやろう」

位を鼻にかけ、民衆を見下すような教育をしているのが魔法省だ。

「地獄で待っていてくれ――！」

ひと言声をかけ、リーダーは愛槍を力の限り突き出した。

胸を狙った。

直撃すればそれほど苦しむことなく逝けるはず。

だが、感触はなかった。

「――いやはや。その思想には賛同しかありませんね」

薄れゆく煙の向こうで、小さな影が声を発していた。

「昨日のボクちゃん……」

男の殺気だった顔が、少し和らぐ。

武器屋の店主、ジルが槍を構えたまま俺をじいっと見つめている。

胸当てに手甲を装備し、動きやすさを重視しながら最低限の防具をつけていた。

「杖、とっても役に立ちました。ありがとうございました」

こんなところで改めて礼を言われて、毒気が抜けたのか、ジルは戸惑っている様子だった。

「どうしてここに」

「テロリストがアリーナを襲撃したと逃げてくる人たちが言っていたので」

「昼から来い、と言っただろう」

この人は、武器屋で話をして、俺を認めてくれた節がある。

貴族ではない村人の子が、貴族たちの中で魔法を学んでいるという肩書きに、応援したくなったからだろう。

「だから、昼って言ったんですね。こうやって襲撃することが決まっていたから」

ジルは言葉を返さなかった。

……数分前。

煙が濛々と立ち込める競技場にやってきた俺は、わかりやすい赤髪のあの先輩を見つけた。

テロリストらしき男と戦っているようだったので手助けにやってきたのだ。

槍に突かれそうだったところを、俺は後ろから思いきり制服を引っ張って、回避させた。

死を半ば覚悟していた赤髪の先輩は、そのときに失神してしまったらしい。

白目を剥いて口をパクパクさせていた。

「手を引いてください。さっき言ったあなたたちの理念がそうであるなら、僕が成し遂げようとしていることと同じです」

先ほど赤髪の先輩に話していた声が聞こえていた。

どうやらジルたちは、絶対的な権力者である貴族、ひいてはその象徴である魔法を彼らに独占をやめさせることが目的のようだ。

俺がやろうとしていることに似ている。

ここまで直接的な強硬手段に出なくても、内側から変えていけるはずなのだが。

そのへんは、志が同じくとも方針の違いといったところか。

「引くことはできない。魔法省長官と副長官を捕縛している。我々の要求を呑んでもらうまでは、解放しないことにしている」

「要求というのは？」

「話をしている時間はない」

時間稼ぎとでも思われたのだろうか。

理念を聞いた限り、完全な敵ではないし協力できるのであれば、お互いできると思うのだが。

まあいい。あとで話はいくらでも聞いてやろう。

「身代金を要求なんてしないですよね？」

「邪魔をしないでくれ。同じ平民同士。争う意味はない」

「この手段はいただけない。この競技会に、僕や他の生徒は人生を懸けて臨んでいます。それは、捨て置けない」

すぅ、とジルは息を吸い込む。

「子供を手にかけたくはないが、邪魔をするのであれば仕方ない」

「……僕をさっきの赤髪の先輩と同じだと思わないことですね」

赤髪の先輩が落とした剣を拾い上げる。ずしっと重い。刃はこの体には不釣り合いなほど長い。

「魔法使いが、最後に頼るのは武器か。なんと情けない」

と、ジルは吐き捨てるように言うが、俺は首を振った。

「心技体……それらを鍛えることが、神域に至る極意です。本物の魔法使いは、魔法だけではないのですよ」

「フン。生意気を――！」

ジルが動き出す。

俺は剣に魔法を付与していく。

『硬度倍』『遠心力三倍』――。

通常の剣だが、俺の身長では大剣といって差し支えないだろう。

さらに属性を付与した。

『炎纏』。

発動した瞬間に炎が剣を包む。

「むうッ!?」


「おや。魔法剣ははじめてですか？」


「クッ、小癪な！」

雷のように鋭い刺突を炎に包まれた剣、炎剣で弾き上げた。

「くうッ」

俺はその流れで一回転し、渾身の力で剣を振り抜く。

遠心力が乗った一撃。

剣が空気を焼く。

煙がうっすらと残る中、赤々と燃え盛る紅蓮の炎をジルに叩きつける。

「ッ」

回避にうつったジルは、紙一重で俺の攻撃を避けた。

そのとき、炎撃は、槍の柄を斬り燃やした。

ふたつに斬られた槍を手にするジルは、呆然とつぶやく。

「なんと、恐ろしい天稟(てんぴん)……こんな子供が、熟達の剣捌きを見せ、なおかつ魔法すらも自在だという

のか……！」

「わかったのなら——」

クックック、とジルは愉快げに肩を揺らした。

「『暁』として活動する以上、オイラはどの道長くは生きられねえ。ボクちゃんみてえな『とんでもねえヤツ』に負けるのなら、本望よ」

ジルは折れた槍を持ち、腰に佩いていた剣を抜く。

「変えるんだぜ……絶対に。この魔法至上主義の世界を」

気迫十分。

ジルに負けるつもりはないだろうが、そうなるとわかっているのだろう。

はぁ、と俺はため息をついた。

「華々しく散ろうとしていますけど、死なせませんよ？　それくらいの加減しますから」

「クク……ハハハハ！　ボクちゃんみてえなやつにコケにされても、悔しくともなんともねえんだな！」

このジルからは、戦士としての純粋な戦意が伝わってくる。

武の道を極めようとしている輩は、どうしてこう、明らかに強い相手を見つけると喜ぶのか。

目指す場所は同じでも、戦士と魔法使いでは、思考に違いが大きく出るようだ。

「完膚なきまでに叩き潰したら、言うことを聞いてくれますか？」

「そのときになりゃ考えてやるぜ」

この手のタイプは、体で覚えていく単純バカ。

やってわからせるしかない。

俺は指を自分側にちょいちょい、と折って攻撃の誘いをする。

フッ、と一度笑みをこぼしたジルは、顔を引き締め、雄叫びをあげて迫ってきた。

「貴族が、魔法至上主義を謳うのも、わからないではないのです」

俺は一人ぽつりとつぶやく。

「オゥラァァアアア！」

並みの人間ならこの殺気で足がすくむだろう。

なかなかお目にかかれないレベルの戦士だ。

風属性魔法『エアシールド』を展開。

風圧によって周囲を守る防御魔法の一種だ。

「チェリャァアッ！」

短くなった槍の刺突が、あと数センチのところで不自然に止まった。

「ま、魔法!?　い、いつの間に！」

「魔法というのは、極めればこんなに便利なのです。使える人間が特別感を抱く気持ちはわからないでもないのです」

剣を振り下ろしてくるが、俺の頭上でピタッと止まる。

『雷槍』

死なない程度に調整した中級魔法をジルに向けて放った。

ヂヂ、バリバリッ、バリバリ。

紫電が宙に舞い、雷の槍がジルを貫いた。

「ぐあぁぁぁぁぁあぁあああ!?」

まだ倒れないので、もう二発ほど追加しておいた。

焦げ臭いにおいが漂う中、いよいよ力尽きたジルは、ようやく膝から崩れていった。

頭領らしき男は他にいないのかときょろきょろと見回していると、戦闘を目撃したジルの仲間が一人ジルに駆け寄っていった。

武器屋にやってきた鉢がねの男だった。

「ジル!」

鉢がねの男は、焦げついたジルに声をかけても反応がないことを確認した。

「クッソ、このガキ、よくも……ッ」

「すみません。すぐに治しますので」

「は? 治す――?」

治癒魔法の『ヒール』を発動させ、ジルに使う。

すると、焦げていた肌がみるみるうちに元通りになり、気を失っていたジルが目を覚ました。

「治った!? なんで!?」

「魔法を使ったので」

「使ってないだろ！」

「あ、いえ。使ったんです……」

精霊魔法の大げさな詠唱やら何やらがあって魔法が発動するものだと思い込んでいるのは、このテロリストたちも同じだったようだ。

げほ、と咳をしたジルが体を起こした。

「ボクちゃん、強ぇな……」

「ジル……！　よかった。あんたがダメになっちまったら『暁』はどうすんだよ」

鉢がねの男は半泣きでジルが目覚めたことを喜んでいた。

どうやら、俺が捜していたテロリストの頭領が、ジルだったようだ。

「おいトール、何泣いてんだ。鼻垂らしてみっともねえ」

ジルはふっと破顔する。鉢がねの男はトールという名前らしい。

ジルは負けを認めるようにゆるく首を振った。

「二言はねえ。今回の襲撃はここで手を引かせてもらう」

「ありがとうございます」

「いいのか、ジル」

「そういう約束だ」

どこかすっきりとした表情でジルは首を振った。

「僕は、みなさんの考えに賛同はしているんです。村人の子ですし。貴族ばかりが威張り散らしているその原因が、魔法だというのも一理あると思っています」

「ボクちゃん……いや、なんつったか――」

「ルシアンです。ルシアン・ギルドルフ」

「ルシアン、オイラたちの『暁』入らねえか？　理念が同じなら、協力してやっていけると思うんだが」

「ジル！　魔法学院のガキだぜ⁉」

いいんだ、とジルはトールを制した。

「色々とお互い話したいと思いますが、それはあとにしましょう」

周囲の煙幕の煙は、すでに火災の煙となっている。

競技場の火事はどんどん酷くなっていた。焦げ臭いにおいと熱風が頬に当たっている。

「それもそうだな」

トールの手を借りてジルが立ち上がると、消火活動をさせるため周囲の仲間たちを呼ぼうとしていた。

「大丈夫ですよ。消火はこっちでやるので」

「こっちでって、一人でどうにかなるもんじゃねえぞ」

「どうにでもなりますよ」

ざっと見渡した限り、様々な箇所での火災だ。

『ウォーター』を一発ずつ撃ってもいいが、面倒だ。

俺は『アクアレイ』の魔法を発動させた。

上級水属性魔法の一種だ。

黒煙とは違う薄暗い雲がアリーナの上空に集まりはじめた。

「雲が……」

トールが言うと、真っ暗な雲からポツ、ポツン、と雨が落ちてくる。

「ルシアン、これはおまえの魔法なのか？」

「はい。酷い雨が降ります。屋根のあるところへ急ぎましょう」

「んなバカな」

トールはそう言って笑う。

「おい。ルシアンの言うことは聞いたほうがいいと思うぜ」

まるで信じてないトールを放っておいて、俺とジルは屋根のある場所へ急ぐ。

すると、雨粒がすぐに大きくなり、一分とかからず豪雨が競技場へ降り注いだ。

「うわぁぁぁあああ!?　マジだ！　めっちゃ降ってきやがった！」

トールが慌てて俺たちの場所まで急ぎ雨宿りをした。

「ガキ……ルシアンつったか、何モンだよ、おまえ」

「魔法の常識を変える者です」

「「魔法の常識……」」

二人は、さっきまで轟々と燃え盛った火災現場へ目をやる。

火の勢力はずいぶん弱まり、箇所によってはすでに鎮火されていた。

「ルシアン。おまえは火事を収めるために、この雨を降らしたってのか……？」

ジルの言葉に俺がうなずくと、トールが思わずといった様子でつぶやく。

「そんなこと、人間にできんのかよ…………」

口調には畏怖が混じっていたように思う。

その独り言に、俺は即答した。

「できますよ。今のは上級魔法ですから、誰にでもすぐとは言えませんが、貴族でなくても魔法は使えるんです」

目に見えて火災の数は減っていき、ザァァ、という雨音が耳の中いっぱいに聞こえた。

雨で競技場は白く煙り、数メートル先も見渡せないほどだ。

「魔法省の人たちを捕まえて、どうするつもりだったんですか？」

「要求の一番は、知識の共有だった。貴族しか魔法が使えねえって話だが、なんでそんなことがわかんだ？　誰か試したのか？」

ジルが言うと、トールが継いだ。

「もしかすると、オレらも教わりゃ魔法が使えるんじゃねえかって思ったんだよ」

「ああ。いい大人が子供みたいなこと言うなってバカにするやつは大勢いたがな」

魔法は貴族が使うものであって、一般市民は使えない。

子供なら自分も使えるかもしれない、と無邪気に考えるのも無理はない。

「あなた方の疑問は正しいです。貴族が勝手にそう言っているだけで——そういうルールを作り上げているだけで、もしかすると後天的に習得可能な能力かもしれないのですから」

だから知識の共有、か。

誰も彼も、魔法を諦めているわけじゃないのだな。

「魔法は貴族だけのものではありません。知識と訓練次第で、誰でもある程度はできるようになるものです」

二人は顔を見合わせた。

「本当か？」

「ええ。僕自身、貴族ではありませんので」

簡単に手の平に火を出してみせ、次は水の球体を作って見せる。

「僕が魔法学院に通っているのは、誰でも魔法が使えることを僕自身が証明していくためです。魔法省の宮廷魔法士にでもなれば、僕の発言も真実味が増すでしょう？　だから、魔法学院に」

魔法に関してデタラメな知識が横行している。

それを俺が正して、独自魔法を普及させる——。

「ジルさん。僕に任せてくれませんか。今回のように危険な手段を取って無理に要求を呑ませるよりも、ずっと安全で効率がいいはずです」

観衆たちが逃げられるように、きちんと配慮した襲撃だった。

無関係な人間を巻き込まないという意思がはっきりと見てとれた。

こんなことをするのは、ジルも本望ではないはず。

「ルシアン、おめえは内部から変えろ。オイラたちゃ、外から訴えていくぜ。今度からは誰も巻き込まず安全なやり方でな」

「それがよろしいかと」

「ひとまず、お偉いさんたちを解放してやろうか」

うなずいた鉢がねが弱まりつつある雨の中、走っていった。

残っていた火災はいつの間にかすべて消火されていた。

ガタゴト、と揺れる馬車の中、俺は遠ざかる王都を眺めていた。

やはり王都の空気が合わなかったのか、離れていくほどロンの機嫌は回復していった。

あんな事件があったせいで、競技会は中止。

火事によって客席が焼失していたり、選手控え室もめちゃくちゃな状態だったという。

あのテロがあった翌日。

魔法省の官僚と運営委員、あとは魔法学院の学長、引率の講師など関係者が集められ、話し合いの結果中止ということになった。

イリーナやライナスの力を見せつけられるはずだったのに、非常に残念だ。

「犯人たちはまだ見つかってないらしいわね」

ソラルはわけを知ってそうな俺に話しかけてくる。

「上手く逃げたらしいですね」

と、俺はあたかも第三者かのような情報を口にする。

あの日、長官と副長官を解放した「暁」には、『隠蔽』魔法を使い、現場を去ってもらった。

テロリストの逃亡を手助けしているのはどうかと思うが、それもこれも、魔法省並びに貴族たち特権階級の身から出た錆びだろう。

俺がいたからよかったものを、いなければもっと大きな騒ぎとなっていた。

長官と副長官の命も危なかったかもしれない。

「アリーナの火事が酷いって話を逃げてくる人が言っていたわ。なのに……」

突如として大雨が競技会場に降り注ぎ、テロリストたちが起こした火事をあっという間に消火してしまったのだ。

「ちびっ子、あんたまた何かやったんでしょ」

「やってないですよ」

半目のソラルは、完全に俺を疑っていた。

この様子は、疑っているというより、半ば確信していそうだ。

「あの日も言ったけど、ルシアンくん、ダメだよ。勝手にあんな危険なところに一人で行くなんて」

め、とイリーナにまた叱られた。

「ルシアンを連れ戻そうとするイリーナを止めるの、すっごい大変だったんだから」

思い出したソラルがため息をつく。

「ごめんなさい。以後気をつけます」

「わかったのならよし」

イリーナは笑顔になった。

「競技会は半年後に延期されるそうだが、それだけ期間が開くと……」

ゲルズが考えるようにつぶやく。

「みんなはもっと強くなれるのか、ルシアン？」

「ええ。半年あれば十分でしょう」

そうか、とゲルズはまたつぶやく。

弱小と侮られたエーゲル学院が、他学院を圧倒するところを見てみたいのだろう。

俺の魔法が異端だの、魔法ではないだの、ゲルズはもう何も言わない。

俺たちが通っているのは、魔法学院。

魔法の技術を習得し、それを伸ばす教育機関だ。

であれば、覚えるべき魔法というのは、必然的に決まってくる。

「…………ルシアン、私も、簡単に教えてくれるか？」

小声でぼそりとゲルズが言う。

生徒がいる前では堂々と頼みにくかったのだろう。

俺は苦笑しながらうなずいた。

「せっかくなので、丁寧に教えますよ」

前世の俺がそうであったように、知識と技術を探究するのは、もしかすると魔法使いの性なのかもしれない。

「あの件も、一時保留となったみたいだわ」

ソラルが言う。

おそらくエーゲル学院解体の話だろう。

「保留か。競技会が再開されれば、保留なんて言っていられなくなるだろう」

フン、とゲルズが唇をゆるめた。

俺以外は、二人がなんの話をしているのか、さっぱりわかってなさそうだった。

エーゲル学院にいい成績を取らせないように仕組んでいたのは、かつての風習ではないか、とソラルは教えてくれた。

昨日のことだ。

『エーゲル地方って、大昔、廃嫡になった王子が流れてきて根付いた地方なのね。それにならって、各貴族たちも、家督に関係のない子供をここへ通わせるようになったらしいわ。とはいえ、家名を名乗る以上は一定の魔法能力と教養が必要で……』

だから明確に他学院と差をつけなければならなかった、とソラルは教えてくれた。

廃嫡になった王子が現王子より優秀では、後々問題の種になる。それは他の貴族も同じく。

だからエーゲル学院の序列は最下位でなくてはならなかった。

通っている生徒はポンコツ魔法使いである必要があった。

『けど、近年になってそういった風習が薄れて「意地悪」の文化だけが残ってしまった』

ドヤ顔で知ったふうに教えてくれたソラルだったが、魔法省の人の受け売りなんだとか。

『それで、用済みとなったからそろそろ解体しようとなったみたい。低能魔法使いを輩出するから、という理由ももちろんあったみたいだけれど。低能って、失礼しちゃうわよね』

話しながら思い出したソラルは自分で言って腹を立てていた。

魔法省が低能魔法使いであることを促したくせに、低能だから不要だというのは、勝手もいいところだ。

イリーナやライナスの活躍があったから、今回の競技会は決して無駄ではなかった。

興味を持ち、探究するのが魔法使いの性。

二人を気にかけた者は多くいる。

選考会でも、クリスをはじめ俺の魔法が気になった者はいるだろう。

「暁」のジルをはじめとしたメンバーもそうだ。

種はすでに撒かれたといってもいい。

俺の独自魔法……誰でも魔法が使えるという新常識は、非常に多くの者の興味を引くはずだ。

異端だと魔法省は言うかもしれないが、貴族より一般市民のほうが圧倒的に多い。

いずれ、異端が常識になる日は近いのかもしれない。

そうなれば、俺の役目は終わったと言えるだろう。

精霊不存在説を唱えたり、魔力器官が云々などと小難しい理論を語るだけではなく、身近な人たちにただ実践してみせていれば、こんなふうに転生なんてしなくてもよかったのかもしれないな。

今はただ、撒かれた種がどういうふうに成長していくのか見守っていきたい。

〈了〉

あとがき

こんにちは。ケンノジです。

1巻刊行から少し時間が経ってしまいましたが、2巻を出すことができました。買ってくださった皆さまにはお礼申し上げます。

さて、私事ではあるのですが、先日引っ越しをしました。

前回住んでいた場所が実家並みに長く住んでいて、いつの間にか思い入れ深い場所となっていました。

作家志望時代からこれまでの数年の苦労や苦悩が詰まった家でもありました。

引っ越しをする前に部屋の様子や駅から家までの道を動画に撮って保存しているのですが、数年後はその動画だけでたぶんお酒が呑める。もしかすると、懐かしくて泣いちゃうかもしれませんね(笑)。

あと、ケンノジはラーメンが好きで、その町がラーメン激戦区だったこともあり、自転車や徒歩圏内に一〇軒近くお店があったのも長く居続けた理由なのでは、と思っております。

新居にも慣れて環境が変わって仕事のペースが上がるかと思えば、そうでもなく、相変わらずマイペースに仕事をしている今日この頃です。

一二三書房様で出している「チート薬師のスローライフ」のアニメ化のことや、その他レーベルの編集様、コミカライズを担当してくださっている漫画家様など、ケンノジに携わっていただいている方々のおかげで、こうしてあとがきを書かせていただけています。

色んな方に支えられて活動できているんだな、と改めて思う次第です。

もちろん、読んでくださっている読者様にも、大いにお世話になっております。

本作の次があれば、そのときも気にしていただけると嬉しいです。

それでは、またどこかの作品でお目にかかれれば幸いです。

ケンノジ

神域の魔法使い 2
～神に愛された落第生は魔法学院へ通う～

発 行
2021年12月15日 初版第一刷発行

著 者
ケンノジ

発行人
長谷川 洋

発行・発売
株式会社一二三書房
〒101-0003 東京都千代田区一ツ橋 2-4-3 光文恒産ビル
03-3265-1881

デザイン
erika

印 刷
中央精版印刷株式会社

作品の感想、ファンレターをお待ちしております。

〒101-0003 東京都千代田区一ツ橋 2-4-3 光文恒産ビル
株式会社一二三書房
ケンノジ 先生／乃希 先生

Printed in japan ISBN 978-4-89199-779-3 C0093
※本書は小説投稿サイト「小説家になろう」（http://syosetu.com/）に
掲載された作品を加筆修正し書籍化したものです。